本色文丛·柳鸣九 主编

子在川上

——柳鸣九散文随笔精选

柳鸣九／著

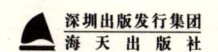

深圳出版发行集团
海天出版社

图书在版编目（CIP）数据

子在川上 / 柳鸣九著. — 深圳：海天出版社，2012.9
（本色文丛. 第1辑）
ISBN 978-7-5507-0513-5

Ⅰ.①子… Ⅱ.①柳… Ⅲ.①散文集—中国—当代
②随笔—作品集—中国—当代 Ⅳ.①I267

中国版本图书馆CIP数据核字（2012）第204721号

子在川上
ZIZAI CHUANSHANG

出品人	尹昌龙
出版策划	毛世屏
责任编辑	林星海　陈嫣
责任技编	蔡梅琴
装帧设计	斯迈德设计 0755-83144228

出版发行	海天出版社
地　　址	深圳市彩田南路海天大厦（518033）
网　　址	www.htph.com.cn
订购电话	0755-83460293（批发）0755-83460397（邮购）
印　　刷	深圳市华信图文印务有限公司
开　　本	787mm×1092mm　1/32
印　　张	8.5
字　　数	137千
版　　次	2012年9月第1版
印　　次	2012年9月第1次
定　　价	29.00元

海天版图书版权所有，侵权必究。
海天版图书凡有印装质量问题，请随时向承印厂调换。

柳鸣九，著名学者、理论批评家、翻译家、散文家。1934年生，毕业于北京大学西语系。中国社会科学院外文所研究员、教授，历任中国法国文学研究会会长、名誉会长。学术专著有：三卷本《法国文学史》（主编、主要撰写者）、《走近雨果》等三种；评论文集有：《理史集》《从选择到反抗》等十种；散文集有：《巴黎散记》《翰林院内外》等五种；翻译与编选有：《雨果文学论文选》《梅里美小说精选集》《莫泊桑短篇小说集》《磨坊文札》《局外人》《萨特研究》《法国心理小说名著选》等二十多种；主编项目有：《西方文艺思潮论丛》（七辑）、《法国二十世纪文学丛书》（七十种）、《外国文学名家精选书系》（八十种）、《雨果文集》（二十卷）、《加缪全集》（四卷）等，其中有四项获国家级图书奖。2000年被法国巴黎大学正式选定为博士论文专题对象。2006年获中国社会科学院"终身荣誉学部委员"称号。

总 序
◎ 柳鸣九

深圳海天出版社似乎颇有点"散文随笔情结",前几年,他们请季羡林先生主编了一套"当代中国散文八大家"丛书,效果甚好。于是,他们再接再厉,去年又策划出新的书系"世界散文八大家"。可惜此时季老先生已经仙逝,他们只好等求其次,请柳某出面张罗。此"世界八大家",召集实不易,飘洋过海,总算陆续抵岸。但书系尚未全部竣工之际,海天又策划了一套新的文丛,以现今健在的著名文化人的散文随笔为内容。大概是因为柳某与海天已有一次愉快的合作,自己也常写点散文随笔,又身居"人杰地灵"的北京,便于"以文会友",于是,海天又要柳某出面张罗。这便是这套书系产生的来由。

什么是散文随笔?前几年,一位被尊为大师的权威人士曾斩钉截铁地谓之为"写身边琐事"。我曾努力去领悟其要义,但就自己有限的文化见识,总觉得这个定义似乎不大靠谱。就"身边"而言,散文随笔的确多写与自己有关的人或事,但远离自己的人与事入文而成经典散文者实不胜枚举;就"琐事"而言,散文随笔写人写事确讲究具体而微,知微见著，以小见大。但以经国大业，社稷宏观，高妙艺文，深奥哲理为内容的名篇也常见于青史。不难看出，对于散文随笔而言，"题材不是问题"，任何事物皆可入散文，凡心智所能触及的范围与对象，无一不可成就散文也。故此，窃以为个人心智倒是散文的核心成份。那么，究竟何谓散文呢？散文的基本要素究竟是什么呢？如果用定义式的语言来说，散文就是自我心智以比较坦直的方式呈现于一定文学形式中，而自我心智者，或为隽永深刻的自我知性，或为较深在真挚的自我感情。说白了，如果是思想见解，当非人云亦云，而多少要有点独特性，多少要有点嚼头与回味；如果是情感心绪，那就必须是真实的、自然的、本色的、率性的，而要少一些矫饰，少一些虚假，少一些夸张。是的，尽可能少一些，如果不能完全杜绝的话。诗歌中常有的那种提升的、强化的、扩大的感情似乎入散文不宜，还是让它得其所哉在诗歌里吧。至于"一定的语言文学形式"，不外意味着两点，一是非韵文的，这是散文有别于诗歌的最明显的标志；二是要有一定的修饰技巧，一定的艺术化，这则是散文随笔不同于公文告示、法律条文、科普说明以及各种"大白话"的重要标志。

这便是我所理解的散文随笔。我在自己的学术专业之外也经常写一些散文随笔，就是按照自己以上的理解来"炮制"的。今天，我被委以主编重任，也是按照自己以上的理解来操作的，至于我在自己的散文随笔中是否完全实践了自己的理念，是否达到自己的理念，在这次主编工作中是否有不合理、不入情的要求与安排，那就很难说了。呜呼，知与行的脱节与矛盾，人的永恒悲剧也。

出版社策划这个书系的时候，规定约稿对象为当今的文化名家。当今的文化名家种类何其多也：有在荧屏上煽情与讲道的主持人，有靠摆Pose与哭功而大富特富的影视大腕，有靠搞笑与搞怪的演艺奇才……人人都在写散文随笔，这大有成为当今散文随笔的主旋律之势。但按我个人的理解，这里所讲的文化名家不外是两种人，即具有作家文笔的著名学者与具有学者底蕴的著名作家，这两者的所长正是我对何为散文理解中所谓的"心智"这一大成份。由于我自己的圈子所限，这一辑的约稿对象全是上述的第二种人，即具有作家文笔的著名学者，而且基本上都是弄西学的学者或游学国外多年的学者，多散发出一点"洋味"的人。

学者写散文似乎有点"不务正业"，有点越界，侵入了文学家地盘。但对于学者来说，特别是对人文学者来说，却完全是性之所致，是一种必然。他本来就有人文关怀、人文视角、人文感情，这种心智状态、心智功能，一触及世间万物，就莫不碰撞出火花。只要有一点舞文弄墨的兴趣、冲动与技能，自然而然就可以产生出有点意思的散文随笔了。虽说舞文弄墨也是一种专门技能，需要培养与操练，但对于弄西学的人文学者来说，整天在世界文库里打滚，耳濡目染，这点技能是可以无师自通的。况且，人文学者于散文更有自己的优势，毕竟，他的知性是向全人类精神文化领域敞开的，他的目光是向全世界各种事物投射的。其散文随笔的题材,自是更为丰富多样,投射观察的目光自是更为开阔高远。而得益于世界各种精神文化的滋养,其可调配的颜色自是更为丰富多彩:说不定,也许我们这个时代有意思的散文随笔正是出自学者笔下呢,学者散文实不容当代文学史家忽视也……

不能再说下去了,再说下去就会变成"王婆卖瓜"啦,不过,我还是相信,这一辑学者散文也许能给文化读者多多少少带来一点不一样的感觉。

2012年5月

目录 CONTENTS

父亲的故事………………………………………………… 1

我的中学时代……………………………………………… 13

永远活在我心里的这个孩子

——记儿子涤非的童年 ………………………… 44

"小蛮女"记趣…………………………………………… 72

家音一则…………………………………………………… 78

语塞与无语………………………………………………… 81

送 行

——我们的另一个小孙女晶晶 ………………… 87

忆"小霸王"……………………………………………… 96

巴黎圣母院：历史的见证………………………………… 102

在"思想者"的庭院里

　　——访罗丹雕塑博物馆 ················· 121

与萨特、西蒙娜·德·波伏瓦在一起的时候 ········· 139

塞利纳的"城堡"与"圆桌骑士"

　　——在塞利纳故居 ··················· 156

"兄弟我……"

　　——纪念北大校长马寅初 ··············· 171

梁宗岱的药酒 ························ 176

记忆中的冯至先生 ····················· 184

两点之间的伽利略

　　——回忆与思考朱光潜 ················ 206

当代一座人文青铜塑像

　　——纪念钱锺书诞辰100周年 ············· 237

在首都文化界纪念雨果诞生200周年大会上的开幕词 ······ 245

父亲的故事

只要桌上洒有一摊茶水，他总是用筷子蘸着在桌面上写写画画，有时是练正楷，有时是练草书，几乎每坐在桌前，他都这么在桌上操演，甚至是亲戚朋友坐在一起谈事聊天时，他往往也要这么"开小差"。从我幼年的时候起，父亲在我心里就是这么一个形象。

据长辈们讲，从一进城当学徒起，他就养成了这个习惯，数十年如一日。到我记事的时候，也就是他进入中年时，他已经练就了一手好字。他的字，在体态上，有颜真卿的稳当匀称，在笔法上，则有柳公权的俊秀遒劲。对于这一手字，他是很得意的，常听他说："文化高的人看了我开的筵席菜单，都说字写得漂亮，没有想到一个厨师能写得这么好。"

他出生于贫困的农家，兄弟姐妹六人，他排行第四。只念过两个月的书，从6岁起即替人家放牛。湖南的春秋天气并不寒冷，但他因为没法穿得不单薄，放牛时常要靠着土坡避风躲寒。11岁时进城到一家有名的酒楼里当徒工,他妈把他送出村外,伫立远望,久久没有离去。从此他由于谋生与颠簸,再没有回过乡下,再也没有见过自己的母亲。只是在几年徒工生涯中,用竹筒里好不容易攒下的全部零钱,终于买得几丈"洋布",请人捎回乡送给家里的老妈,但老太太没有收到就离开了人世。

以罕见的刻苦与勤奋,他熬到了"出师",结束了徒工生活,先作为廉价劳动力在餐饮业闯荡了多年,风餐露宿、漂泊颠沛,有些夜晚,仅以一条长凳为床。而后,逐渐以做得一手好菜与写得一手好字而颇有名气,得以有人经常雇用,他这才娶上了妻子,接二连三生了三个孩子。按当时世俗的眼光,他在这方面运气不错,竟然三个都是男孩。但拖儿带女,养家糊口,难度更大,虽已成了"名厨",上了一两个档次,但仍天南地北,浪迹东西,艰辛如故。不过,毕竟成了"名厨",只要不是失业,以"黄牛式"的勤劳辛苦,倒也能换来全家不饥不寒的日子。

除了谋生与繁衍后代,人与动物的区别恐怕就是对下一代的期望与用心了。人的层次不同,对此虽有不同的标准与要求,但皆有之,却是共性。这位农民之子,这位厨房里的

劳工，也有自己的理想与方式。尽管他在本行当中出类拔萃，但他从没有想过培养自己的儿子跟着他干这一行，哪怕是动用三个男儿中的任何

青年时期的厨师柳世和

一个。其实，作为一个跑单帮的个体户，他跟前急需一个徒儿，一个助手，何况，他还有好些烹调的绝招、独学有待传授……他常叹息自己这一行苦不堪言。如何苦不堪言，我没有体会，不知道，但我的确见过体胖怕热的他在蒸笼一般的厨房里，在熊熊大火的炉灶前一站就是两三个钟头，全身汗如雨下……他常抚摸自己孩子的头，感慨道："爹爹苦了这么多年，就吃亏在没有文化……好伢子，你们要做读书人。"

"做读书人"，这就是他对下一代的理想与期待。理想不小，但他自己的能耐却极其有限，他身上毫无可以泽及后代的书香，没有可以使后人轻易受惠的"秘方"与技艺，他只有那点可怜的文化经验——练字，只能把这点简易的经验，用来种他那"三亩实验田"。因此，我们兄弟三人从小就必须服从努力练字这么一个"硬道理"，这条"死规定"。他常教训我们道："写得一手好字，那就是敲门砖，就是看家拳。"当然，他待我们比待他自己宽厚得多，他并不要求我们像他那样蘸着茶水在桌面上练字，而是花钱替我们买笔、买墨、买砚、买纸，还有字帖。于是，练字就成为了三个小子每天必修的"日课"，这条硬规定对长子更是"雷打不动"。这不难理解，他可能是最殷切希望早日从长子身上看到效果，就像皇帝老子总想要长子来传承自己的帝国。

要当读书人，当然要进学堂，这是常识。这常识，他懂。也正因为是世人所公认的常识，所以在他心目中更成为了一条神圣的准则，他执行起来，似乎想要比常人更认真、更执著、更不打折扣。谈何容易！要知道，他其实是一个为养家糊口而浪迹天涯的"民工"，民工子女上学在当今尚且如此之难，在当时也就更难了。虽说当时没有户籍制、就近入学的法规，以及赞助费的障碍，然而仅学费就是一般人家承受不起的。更主要的困难是，要照顾孩子在固定学校里就读，往往就要放弃掉一些比较合意的就业机会。

于是，自从我们兄弟三人到了入学年龄之后，我们的上学问题，就成为了家里头等重要的大事。每迁徙到一个城市，父母亲最优先安排的事情便是赶紧替我们找学校，让我们及时地上学念书。父亲每新谋得一个工作，或者每遭到一次失业，因而需要全家搬到另一个城市去时，何时迁居、何时动身都是以我们在学校的"档期"为准，决不耽误我们的学业。

正因为一辈子都在悲叹自己没有文化，这一对父母，始终竭尽全力坚持着他们可怜的"子女上学读书至上主义"。虽然从抗战时期一直到20世纪50年代之初，全家一直是东西南北，不断颠沛迁徙，他们的长子却几乎从未中断过从小学进初中再升高中的学业，而且由于他们竭尽了全力，耗尽了积蓄，这小子每到一个城市都得以进了当地最好的中学，从南京的中大附中、重庆的求精中学到湖南的名校广益中学与省立一中……

巴尔扎克有一篇很著名的小说，写的是巴黎一个贫苦的挑水工人，出于爱心，以自己一个子儿一个子儿攒起来的全部积蓄，支持一个贫困大学生完成了高等教育，最后成为了一个著名的医生。这一对可怜的父母与那个挑水夫虽然在很多方面都不一样，但在以微薄的收入支持高昂的教育费用这一点上却是完全相同的，而且都是长期坚持，数十年如一日。这需要含辛茹苦、自我牺牲。我的初中时代与我弟弟的小学时代，恰逢"乱世"，物价飞涨，学费高昂，非得付"硬通货"才能入学，而入学后还有各种各样的硬费用与硬消耗，以及为了在好学校上学而必须维持某种"体面"所不得不付出的"软"消费，更不用说为了保证儿子正常的起居与一日三餐，而长年累月付出的辛勤劳动了……这是亲情的长征，这是坚毅的苦熬，这是慈爱的奋斗，这是精神的渴求。

对于这个农民之子来说，这一奋斗，这一长征，这一苦熬，这一追求，几乎一直到自己生命的最后阶段仍在坚持，以感人至深的方式在坚持着，事情是这样的：

上世纪40年代末，中国面临着天翻地覆的大变化，餐饮业、厨艺行业大为萧条，他在内地谋职谋生殊为不易，便去了香港打工，直到60年代中期才回家乡。那个时期，香港的天，还不是"解放区的天""明朗的天"，父亲在香港之所以一待就是将近20年，唯一的原因就是谋生。50年代，政治运动此起彼伏——横扫旧制度、旧思想、老习俗、老生活方式，高级烹调术吃不开了，被视为剥削阶级享乐服务的玩意。与父亲同一行业的"名厨"纷纷失业，父亲为了全家人不至于衣食无着，为了三个儿子不至于失学，也就只好咬紧牙关，单枪匹马在那尚未"放晴"的天空下做一个老年打工仔了。要知道，他的这三个儿子正一个一个在进中学、进大学，三笔学费与三笔生活费那时是一般家庭绝对承担不起的，而这三个学生要得到国家与组织上全额的补助与照顾又绝对是不可能的。因为他们父亲的职业是为剥削阶级生活方式服务的，其家庭成分与工人阶级、贫下中农有天壤之别，最多只能算是"小手工业者"，根本没有资格"依靠组织"，向党"伸手"。即使以"要求进步"为由，其中那个领头羊就因为"家庭成分不纯"而三次被否决，后面那两个见势头不妙，也就望而却步了。

那些年，我正经历上中学、念大学直到参加工作的这个过程，不论我在什么地方上学，每个月，我都按月收到家里寄给我的学杂费与生活费，毫无忧虑地度过了我的学生时代。大学毕业后，我微薄的工资远不能负担母亲的医疗费与两个弟弟上大学的费用。因此，父亲仍然留在香港打工，虽然他当时已经60多岁了。他常用漂亮的行书给他的"贤妹"写些半文半白、半通不通，但充满了感情色彩的"家书"，将一些老话一遍又一遍从头讲到尾，自称"愚兄鲁钝"，"自幼无缘文化"，"饮恨终生"，"幸亏学了一门手艺"，"终能自食其力","眼见三儿日渐成长,有望成为对社会有用的人才,虽在外做一名劳工,常遭轻视与白眼,亦深感欣慰"云云。有时,还讲些大道理,说什么"自己老朽落后,无力报效祖国","能挣几个钱,养家糊口,让孩子上学",也能"减轻国家的负担,为社会培养有文化的人才",因此"问心无愧"等等。这些家信是我母亲用来对三个儿子进行"思想教育"的教材,她常要求我们从头到尾认真读完。当时,我们读起来并不耐烦,那些信都写得长了一些,语句颠三倒四,车轱辘话来回转。不过,后来回想起来,这些家书,比当时那些政治课教材对我们的影响更深刻、更久远。

当然,这个老打工仔常寄回来的远不止他那些冗长的"咏叹调",还不时有些日用品与文具寄回来,如给他"贤妹"的袜子、围巾,给儿子的钢笔与优质笔记本等等。而在"三年困难时期",则经常定期寄些食品回家,从阿华田、丹麦饼干、白糖到香肠、猪油……这些源源不断的补给竟使得母子四人在那个"饥饿的年代"无一人得那种大为流行的"浮肿病"。其中远在北方的那个蠢材,收到这类食物补给后,往往在食堂吃完自己那点定量再回到宿舍里偷偷地享用。有时不免碰见同事,当然只能慷慨请客。虽为私下进行,但"若要人不知,除非己莫为",不久后,在一次"思想整风","组织生活"中,就有革命同志对此严正加以指出,这是"炫耀自己有海外关系"。那时的香港,还是人们心目中"资本主义的海外"。

至于那些年里老打工仔自己在外的生活,很长一段时期里,他在"平安家书"里总是说自己"一切都好"、"家人皆可放心"之类笼统而不具体的话。家人对此都半信半疑,认定他的生活必定是艰辛的,必定有不少需要他"咬紧牙关"的困难,因此,老是不断劝说他退休回家。但他仍然坚持着,最终答应等他最小的一个儿子大学一毕业——他自认为已经"完成了平生最大的任务"——一定回来和家人团聚。培养出三个大学生,这就是他平生的宿愿,他最大的人生理想。眼见他日益接近"功德圆满",大家都等着这一天的到来。

小弟的大学毕业日益临近,不到一年了。突然,有两三个月,老打工仔与家里中断了联系,音讯全无,家人焦急万分。过了一段时候,他终于来了一封"平安家信",告诉家人一个胆战心惊的迟到消息:原来他在劳动时摔了一跤,在水泥地面上把一条大腿摔成了骨折。幸亏被香港公立的慈善医院将他作为"没有亲属"的失业老人收容进去,免费给他动了个大手术，在断折的腿骨上安装了一个铁块，两个铁钉。又经过几个月的疗养，总算得以痊愈，能够自己行走了，虽然不如以前那么"利索"，但不久即可出院，返回自己"日思夜想的故里"与家人团聚……他的报导没有什么感伤情绪，倒是说很高兴能住进那宽敞明亮的医院，那是他"一辈子中住的最好的房子"，我记得信里还附有一张照片，他穿着住院服，坐在一张洁白的床上，像儿童一般天真地乐呵呵地笑……

从这个事件开始，他那长期不为家人所知、"咬紧牙关"的生活状态，才逐渐浮现出来，进入我们的视线：香港的房租极贵，为了省钱，他向一套公寓中几户人家租用了公共浴室午夜后的"使用权"。每当夜深人静，无人再上浴室冲凉时，他便在那里面架一个行军床睡觉，天一亮就撤出。白天，则在楼顶的露天平台上打发时光。没有人雇他时，他就坐在平台上的一张竹椅上出神，平台上支着一把大伞，可以遮阳，可以避风雨，但碰到大雨，光靠那把伞可不行，还得在那把大伞下自己再打一把雨伞……而在有人雇他办筵席时，他就把用料备齐，在那平台上进行制作，将一道道菜做成半成品，然后将所有这些运至东家的厨房，待开席时下锅烹制……光秃秃的一个平台，竟成了排列数序式复杂劳动的场所。居然从这里，他做出了"名厨"的名声，得到过采访，上过报纸，也正是在这个平台上，他在劳动中踩在有油污的地面上，狠狠地、重重地摔了一跤，几乎丢掉了自己的性命。这时，他六十有五。

这就是他十六年打工生涯的一个缩影，为了一个目标、一个宿愿、一种向往而受着、熬着、挺着的缩影。就其含辛茹苦、艰苦卓绝的程度而言，比巴尔扎克笔下那个培养了一个大学生的挑水夫，实有过之而无不及。那个挑水夫，好歹在巴黎一套公寓的门房里，还有自己的一个栖身之地啊！

他快返回故里的时候，我请了探亲假回到了老家，等候着他的归来。究竟是哪一天到，他没有通知家人。等了好几天仍未见消息。这天早饭后，母亲正在院子里洗衣，我问了一声："也不知道哪一天到？"母亲茫然道："大概快了吧。"我走出家门，到街上随便溜达。那时，长沙城不大，火车站离闹市不远，我信步走到那里，想先看看车站情况，以便将来迎接。这时，正好有一列广州来的车到站，我便站在月台门外不经意地观看。旅客都快下完了，我突然看见从一节车厢里下来一个矮墩墩的头发花白的老头，穿一身黑色的港式唐装，手提两个简陋的提包，朝出口处走来。他没有远方游子归来时那种东张西望的神情，而是闷着头快步走，似乎脑子里只有一根筋，一个念头，像一头埋头拉车的老牛……我认出了他，猛然一阵心酸，还没有待他走出站口，就不禁失声哭了起来……

他返回故里后，总算过上了退休的生活，总算亲眼见到了自己的儿子都已经走出了大学的校门，参加了工作，总算看见了自己的孙女与孙子。他绝不下厨做菜，说是一辈子在厨房待"伤"了，听老弟说，他只是绝无仅有地露了一次自己的厨艺绝技，做了一盘萝卜丝饼。家人回忆说，那简直就是极品、绝品，你根本吃不出是萝卜丝做的，与刘姥姥在大观园吃上的烧茄子有异曲同工之妙……在那几年中，他最开心的时候就是听人家谈论他家的儿子都大学毕业了，只要别人奉承他说："四爹，你靠一把菜勺培养了三个大学生"，他就笑得合不上嘴，傻乎乎的……

1975年夏，他因为得了急症而去世，家人都叹息他返回故里后只享了几年的"清福"，这与他一生的劳累艰辛实在是太不相称了。丧事后，骨灰里剩下一个铁板，两个铁钉，小弟把它们收藏起来作为纪念，这是他作为幼子的一番心意。如今小弟去世也已几年，每当我想起这事，心里就一酸……

2004年5月

我的中学时代

在我灰暗的陋室里，颇为色彩缤纷的是我沙发对面的两个书柜，这两个书柜里装着我论著、译著与编著的成果约有300来册，将近耄耋之年，我常坐在这两个书柜面前，或沉思遐想，或出神发呆，或缅怀回顾……

我常想，将近一生的岁月、几乎所有的心思，不外是写书、译书与编书，似乎只可以简约地归结为一点：为了一个人文书架。人生的目标瞄准着这一点，人生的热情倾注于这一点，人生的精力投放进这一点，人生的乐趣系诸这一点。可谓是专注而执著，以此，也算得上是一个有人文理想、有人文热情的智者。

饮水思源，如果说，时代与时运给我提供了充分实现自我的客观可能的话，那我作为这样一特定的人，却是在更久远的历史过程中形成的、造就的，而这，就得感谢我曾经所得到过的受教育的条件了。

就我的家庭出身与条件而言,我本来是很难受到足以造就一个人文学者所必需的良好的学校教育的,但我却从初中起,就受到了非常完善、非常优秀的正规学校教育,具体来说,我初中所上的三个中学都是当地名校:南京的中大附中、长沙的广益中学与重庆的求精中学。高中更是在全国闻名遐迩的湖南省立一中,从这里毕业,我考进了北京大学的西语系。

一

中大附中,即当时南京中央大学的附属中学,新中国成立后,已随母体更名为"南京师范大学附属中学",据说,校址没有变,还在原来的老地方察哈尔路,至今仍稳坐了南京地区首屈一指名校的地位。

它是我内心里的第一母校,我常神游这片故地,特别是在古稀之年后。只是记忆里的景象已经不那么清晰了,依稀朦胧,有那么一点像梦,毕竟是六七十年前的事了。我记得当时校区地旷树多,整个校园呈自然之态,无整治修饰之痕,校舍建筑风格各异,星罗棋布在广阔的校园里。入校门后,右侧是一幢老式的多层洋房,那是学校行政教务的重地,对于我们初一的学生来说,就像"白虎堂"一样肃穆,从不敢靠近。再往右，则是几座并排的庙宇式的中式建筑，高中部的教室都集中于此，进进出出的全是穿着黄绿色校服的高年级学生。在我们眼里，他们个个都是偶像。再往右，则是四排宽敞的平房，呈四方形围绕出一块巨大的空地，这就是初中部的教室与活动场所。在它后面，是一个大足球场，那主要是我们初中生的"乐园"，在这里踢足球、比赛垒球，都是我们的所爱，特别是后者，更是至爱了，它作为一种美国式的时尚运动，抗战后在南京的学生中颇为流行。再往校区的纵深方向去，有暗红色的大厅两个，分立在路旁，那是大礼堂与大食堂，在那里曾经上演过高中部的学生所排演的曹禺名剧《雷雨》，不仅招待过本校同学观看，而且还对外公演过几场，可见其水平并非"小儿科"。我看了演出后，饰演繁漪的那个高年级女生就成了我的偶像，我多年都没有忘记她……礼堂附近，还有几个篮球场与排球场，那是高中部同学经常展示球艺的地方，也是我们这些初中生向他们顶礼膜拜、狂热喝彩的地方。再深处，还有一个小湖与木桥，湖的一边是一座柠檬黄的多层楼房。从那里经常传出钢琴声、提琴声，曼妙的歌声与英语朗读声，全校高中初中女生都集中在那幢楼里，那是她们的课堂与宿舍。对于我们初一男孩来说，那就是一个神圣而神秘的所在，每经过那个方位,眼光总不由自主地投向它……更深处,则是小树林与小山丘,其间散落着全校男生的集体宿舍,全校学生都是寄宿,没有走读生。

中大附中,作为一所名校,师资条件好是它首要的优势。当时,即使是初中部的老师,听说也都无一不是中央大学毕业的高材生。初中部那个"四合场"的尽头是一座精致的平房,那是初中部老师课间休息的厅堂,你可以一眼就看到初中部几乎全体老师的阵容,一个个都很有派头,才学溢于言表者比比皆是。记得我们初一的英文教师就是一位戴金丝眼镜、衣着雅致的漂亮少妇,英语发音非常漂亮,黑板字英文也十分娟秀,讲授与诵读都很完美,我对英语的兴趣就是从上她的课开始的。记得还有一个教公民课的老师,平时着装一丝不苟,讲课并不流于道德说教,颇有社会学的理论,不过说实话,对初一学生来说,似乎深了一点。还有一件事使我记住了他。一天,在学生布告栏里,看到他贴的一个启事,说的是他在校区丢失了一本法国作家左拉的名著小说《小酒店》,如有拾到者送还,他将以一斤花生米作为酬谢。这类丢失求助或拾物招领的启事,在学生布告栏里,甚是多见,一般都以花生米为酬谢,数量不等,或二两或半斤,他的酬谢达一斤,算是最"仁义"

的了。正是这位老师的启事布告，使我平生第一次知道了左拉与《小酒店》的名字。

中大附中的另一个优势是它上佳的生源。名校自然得到社会的重视与仰慕，而社会的重视又保证了它录取学生的高标准，如此良性循环，生源自然优质良好。我入校的时候就听说，我们前几班所录取的都是南京本地乃至整个江苏地区的成绩最好的学生，就我所在的这一班来说，就有多名中央大学教授家庭的子弟，而出自教育界员工家庭或有知识背景家庭者，更是比比皆是。他们身上都多少有些文化气与书卷气，即或也有调皮捣蛋的主，但也是聪明外露、灵气逼人的。这样的学生聚汇在一起，自然就形成了一种优质的气场，加以又直接受到其母体名校中央大学的直接影响，学生群的风气就颇有点不凡：学习氛围浓，在成绩上你追我赶，都以将来入名牌大学为目标；课外活动丰富多彩，成熟上档次。如全本排演曹禺的名剧，如组织排球赛、篮球赛校外出征，并带拉拉队，追求美国学校的风气，以打垒球为时尚；又如，失物启事与拾物启事在校区里满天飞，物质利益回报不过二三两花生米，张扬的形式下只有小小的利己图谋，正是一种善意与幽默……特别使我难忘的是，学生会的选举，那简直就有点模仿美国总统选举的味道：自由提名，用大字报公布自己的"施政纲领"，竞选者择日举行公开辩论，然后是节日般的投票，当然这些都是高中部的学生搬演的大戏，但我们这些初中部的观众看得甚是大开眼界……还有一件事也给我留下了深刻的印象：高中部一学生不知何故意外身亡，学生会为他举办一次隆重的追悼会，我等初一学生无缘参加。但我去追悼会场瞻仰了一趟，灵堂基本上是高年级学生布置的，隆重而讲究，特别使人印象深刻的是那些挽联与张贴出来的悼词，写得情真意切，文词典雅，对仗工整，感人至深。我至今仍惊奇于当时中学生的语文表达水平之高……

可惜我在中大附中只学习了一年多就离开了，因为父亲在南京失业而举家返回老家湖南长沙。虽然只有一年多的时间，但我一直很重视我中学生涯的这个阶段。在我看来，它给我的中学学历开了一个好头，它给我提供了一个较高较好的起点，它使我开了眼界，使我感受到了真正良好的中学教育是什么样子，真正年轻有为的中学生该具备哪些要素与内涵。我从周围的人文状况与人际气场中清醒地意识到了，我原本出身与此在文化上的差距，这种自卑心理或者说这种自知之明的认知对我并非没有好处，它从一开始就在我身上初步启迪出一种奋发图强的精气神。这是一种可贵的精神力量，也是一种难得的素质，我不敢说我具备了多少，但我开始有了，它开始"发酵""生芽"，开始发力，它从此陪伴了我的学生时代以及后来的就业生涯，成为不断奋发向上的一种动力。一个中学能给一个人所有这些：标杆、起点、眼界、见识，这就很够了，何况我在这里至少为国文与英文这两门功课打下了不错的基础。

回到长沙后，我作为初二插班生进入了广益中学。长沙是中国中学教育极为发达的名城。当时，长沙的中学有几大名校：省立一中、长郡、明德、广益与雅礼，另外还有两个著名的女中：周南与福湘。这些学校各有所长，在湖南这个教育大省中形成了"各逞其能""争妍斗胜"的局面。长郡以文史见长而著称，明德以数学水平高而闻名，雅礼是有名的教会学校，英文是它的特强项，广益则有综合优势。至于周南与福湘，更是集中了几乎全省的名门闺秀、贤淑才女，只不过周南偏重传统，而福湘则崇尚洋派。那时，每当周末放学，各校的学生拥出校门，走在长沙有名的"北门正街"上可大有一番盛景。那个时代，中学生都穿黑色的学生服，但在领章上都有自己学校的标记，标记很统一，黑底白字有各自校名的两个字：如"明德""雅礼"……学生们成群结队,迎面而过,彼此总要注意一下对方领章上的校名,或正视或用余光瞄那么一眼。如果属于上述六大名校之列,那么目光中就含有尊重与惺惺相惜的意味,如果不是名校,那就难免会碰见意味有所不同的目光了……

从中大附中到广益,我入校的第一感觉,似乎有点像"虎落平阳",因为这里的校舍很陈旧、很拥挤,整个校区空间相当狭小,与中大附中不能相比。但很快我就感觉到自己错了!"人不可以貌相",广益很快就把我给震慑住了,至少有这么两件事:其一是,到校的头几天,正赶上各年级出墙报的日子,"忽如一夜春风来,千树万树梨花开",过道里、教室门口、礼堂里、饭厅里到处都贴了墙报,除了操场上以外,几乎无处不在。原来正值学期之初,是各班级汇报其暑假收获的时候,每份墙报就成为了每个班级展示其暑期作业的平台。墙报刊名五花八门、风雅十足,如《花圃》《励志》《百草图》《原上草》《文汇堂》《致学》《求知》《奋发》等等每份墙报以漂亮的毛笔字抄录而成,书法秀美,显然是我自叹不如的。内容更是丰富多彩,散文、诗歌、评论、小说以及小笑话,应有尽有,而且既有独特的立意,也皆具优美的文采。特别是诗歌,令人想不到竟有那么多同学会写旧体诗，也常见有填词作品，我当时看了，真是佩服得五体投地。其二是插班进入初二后，我很快就发现班上的"能人"颇为不少，就以国文功底而言，能流利背诵二三十篇古代经典散文名篇如《滕王阁序》《师说》《岳阳楼记》的大有人在。显然，我来到这个环境里，仍然只是一个"矮个子"。本来，我以为来到这里自己的英文总算得上是一个"强项"，可没有想到，这里也有英文方面的高材生，班上一个姓黄的同学英文就很好，当时已经能自如地用英文写日记与英文信了。广益在陋旧土气的外表下有着内秀与不凡，当时的李校长就是一个形象的缩影，他衣着简朴，外表普通，无气派可言，一口邵阳地区的方言更突出了他身上的土气，但我后来才知道，他是一个国学功底深厚的学问家。如果说广益有什么风格的话，那就是其貌不扬而内秀斐然。我从进入到这个气场那一天起，便不可能不受它潜移默化的影响，在我一生的致学行事中，如果存在着不在乎炫丽其表但求实在业绩的特点的话，那么不能不说最早是从广益那里得到了启迪。

既然发现了在新的群体中自己要算一个"矮个子"，那就得奋起直追。我至少做了这样两个努力：一是恶补《古文观止》，二是自己练习写文言文。

对于《古文观止》，我并非一开始就爱不释手，而只是作为一个硬性的任务，我规定自己在一年之内在课外要背诵20到30篇古文。之所以选了《古文观止》，是因为这是一个现成的读本，集中了中国历史上经典散文，也是我的一个"家庭教师"给我指定的。这位"家庭教师"是一位浙江大学教育系毕业的高材生，她比我大十几岁，是位老大姐，因为她的父母与我的父母是多年的老邻居，从抗战胜利后在南京的时候起一直到两家都回到了老家长沙之时。这位朱大姐看我母亲的面子，充当了我的课外指导老师。我碰上难懂的文句文词，就去请教她，她虽然不是功力深厚的学问家，但指导一下初中生还是绰绰有余的。在时间上，我见缝插针，完成了我的背诵计划，脑子里总算装进了十几篇古文经典，算是自己小小地充了一点"底气"。只不过，由于自己的爱好，我选择的多是《醉翁亭记》《岳阳楼记》《滕王阁序》之类情景交融的美文，而略去了"文以载道"类型的道德文章，例如韩愈的《师说》我就一直没有去背诵它。虽然这次"恶补"的规模与水平有限，但我从此养成了课外读古文的习惯；尽管这次"恶补"对我的国文功底的弥补不能与那些"书香门第"出身的名家自幼练就的"童子功"相比，但对我的滋养作用却是显而易见的。我心里很明白，自己后来的写作中有哪些遣词造句方式是从我所背诵过的古文中"借鉴"过来的。

至于练习写文言文，动因很简单。既然家乡的中学生都能写出文言文来，那么我也不应枉为一个湖南学子。及至自己背诵了一些古文，常被其中的气韵之美与文句之美所感染，不禁手痒痒，也想"东施效颦"来依样画画葫芦。就这样，自己就练起了文言文这个把式来了。动力有限，时间也有限，效果与"成就"也就有限了，但总算还可以，练了那么些篇，居然还不止一篇颇得那位课外指导老师朱大姐的称赞。不过，我本来目标就不高，当自己学会了一点点花拳绣腿之后，也就浅尝辄止了。当然这对我日后的文字生涯更不会起什么作用，只是在面对特定的对象、因特定的需要要写一封文绉绉的信函时，才偶尔用一用。

在广益期间，还有一件事值得一提，那也算是我做过的一件带创意性的事，对一个学生来说，多少有点别致：我几乎是以一己之力，创办了一份油印刊物。这个灵感是广益学校里那些琳琅满目的墙报引来的，这些墙报就像一期一期的文学刊物，一开始就令我仰羡。不久，我就听说那些墙报往往并非全班同学共同参与的结果，而是班上少数几个文学积极分子的合作所为。这一下就刺激起了我要有所作为的意愿与冲动，也大大打开了我付诸行动的思路。要办出一份大篇幅的墙报，从撰写、编辑、抄写、美工到出版张贴，总得有五六个人才行，我作为一个插班生，还没有这么齐全的人脉，我如果要做什么，只能找到一个"同伙"，那就是那位英文特别好的黄姓同学。如果把墙报的形式改为油印小报的形式，事情倒要简单易行一点，只要有了可用的文稿，自己买两三张蜡纸，把文稿刻在蜡纸上，然后放在油印机上一印，一份油印刊物就呼之欲出了，而且发行范围还远远不止于一面墙壁……经过一段时间的考虑与筹划，又争取到了那位黄姓同学的赞同之后，我终于行动了起来。其实，整个事情并不太复杂，比较困难的倒是稿源问题，因为我力求避免"雷声大，雨点小"，怕成为笑柄，故不考虑公开征稿。没有稿件怎么办？自己写！在这方面黄姓同学毕竟只是一个友好的赞助者，对此事本无多大的热情，他提供了一两篇文稿，算是给了我最大的面子，其他的就只能由我一个来"包圆"了。从发刊词到主打文章与搭配文章以及花絮补白，我总算都一一诌了出来，形式则有散文、小故事与议论文。除了发刊词外，其他文章均署笔名，而且每文各异，似乎参与刊物的至少有那么几个主将。至于文章内容，说实话，都是"为赋新词强说愁"之类的矫情凑数之作，不值一提。总之，凑足了几个版面，于是一份名为《劲草》的油印刊物就炮制出来了。当然在校内多处的墙壁上少不了都要贴上一份，以供大家欣赏，而且还自己充当邮差，将它投放进了附近的几所中学，以求在更大的范围里出名。但毫无反应，显然没有引起什么注意。对此，我自己仍不识趣，接着，又使了一把劲，弄出了《劲草》第二期，这一期更是我一个人的"单打独斗"，结果仍是没有反响，这才使自己完全泄了气，从此罢手——"停刊"。就像小孩子吹起的一个肥皂泡，我的文学刊物梦就这么很快地破灭了。

这两期《劲草》，我各保存了一份，当做自己成长的见证与纪念品。虽然它们甚为幼稚可笑，我却保存了多年，一直到我成年就业很久之后，只是在"文革"中，出于很多人都有的政治恐慌心理，才把它连同自己未发表的文稿都付之一炬。《劲草》真像一根枯草一样，在世界上彻底消失了，没有留下任何痕迹，就像它根本就不曾出现过，不曾存在过一样，它的命运有时不免使我颇生感慨：其实，人们的所作所为，很多不就是这样吗？似乎从来就没有出现过，似乎从来就没有存在过。

在长沙的一年多时间里，父亲一直失业，由于担心"坐吃山空"，他又携带全家先到广州，接着又到重庆去闯荡谋生，在广州时间很短，我没有上学，到了重庆，我就插班进了求精中学的初三。

求精中学坐落在嘉陵江畔的高坡上，是有名的教会学校，看来家底颇厚，校区面积阔大，空间宽敞，校舍稀疏散落，中西式皆有，教室楼就是一幢漂亮的中式大屋顶楼房，还单独有一座很体面的平房建筑作为大礼堂。也许正因为有这么一座礼堂，作为教会学校其学生的英语又较好，所以这座礼堂经常被用作政府当局外事活动的群众场所。记得好像有一次来了个美国的什么代表团，欢迎仪式就是在这里举行的。学生们被组织去当基本听众，大会的同声翻译是一位西装笔挺的青年人，显然是当时的外语才俊。我总算生平第一次见识了什么是漂亮的英语，敏捷、流利、嘹亮，如音乐般悦耳，令我长久难忘。我知道了通译的高级技艺是怎么回事，这种双语谈吐表述的绝对自由，一直是我一生向往却始终未能达到的境界。当然，既由于自己不够聪敏，又由于没有得到较好的外语环境……不过，求精中学的英语教学还是很好的，我们班的英语教师是一位衣着与形象都不动人、但教学质量颇高的女性。她用英语讲课，这大概是教会学校英语教学的基本门槛，她用的教材中，其中有不少希腊神话故事与西方文学作品的片断，我正是在求精中学用英文读到了斯芬克斯之谜与俄狄浦斯王的悲剧等等古代的经典故事，这要算是我与外国文化真正的最初接触。

我最初更多、更广泛读到外国文学作品，也是在求精中学期间，主要是缘于这样一件事：求精是我上过的第一个男女同校同班的中学，我们这一班大概只有十来个女生，在我眼里，她们个个都秀美文雅，她们的座位都集中在前几排，每一堂课，她们的倩影都映入我们男生的眼帘。但是，同班的男女同学都从来没有任何接触交谈，形同陌路。突然有一天，班上的几个女同学，大概是以一个姓黄的学习干事为首，张罗起一个"图书馆"。她们不知从哪里突然搞来一大批书，绝大部分都是崭新的，封面一般都素净大方，装帧精美，记得不少是文化生活出版社出版的，第一眼就给人以高雅之感，像我这样跑惯了低级租书铺子的俗子，真好像是匹普初次见到艾丝戴拉，眼前为之一亮。那些书都是文学作品，其中许多是外国文学名著，有狄更斯、托尔斯泰、左拉、巴尔扎克、屠格涅夫、高尔基、梅里美等的作品。这些书是从哪里弄来的？不久就听说是班上一个姓宋的女同学捐献的。那位女同学娇小、白皙、文静，不引人注意，当时只知道她是一位国民党将领的女儿，在班上没有待多久就离校了。

面对这样一个"图书馆"，我多半是为了要在那位学习干事面前充"上流人"，竟大为"附庸风雅"起来，非常热心地借阅这些书籍。说实话，开始是囫囵吞枣，有些书并没有看明白，有的书干脆看不懂。有的书倒的确印象很深，如高尔基的自传作品中那种"出污泥而不染"的上进心对我很有启迪。又如屠格涅夫的《春潮》那半是缅怀半是忏悔的故事，半是柔情半是哀愁的情调，不知为什么竟那么深地感染了我、浸透了我。还有梅里美的短篇，洛蒂的《冰岛渔夫》……这么读着，读着……有一天，在宿舍里，我突然觉得平日习以为常的那些瞎聊瞎闹实在太没有意思了，就一个人跑到学校一侧，坐在那个高坡上，俯视着下方的嘉陵江。如果我现在说当时我对某本书有什么读后感，有什么感悟，思考了什么人生问题，那就是杜撰扯淡；我当时只是坐在那里看江，似乎很想思索点什么，但又什么都无从思索起，什么都思索不起来，脑子里一片茫然，但这茫然却使人感到新鲜，舍不得脱离这种状态回宿舍去……现在看来，那次异样的行为虽然颇有点不自觉的"附庸深沉"的冲动，甚为可笑，那毕竟是第一次，它也许是人开始被书籍的力量从灰色混沌的泥沼中引出时最初的朦胧的反应。

我的外国文学阅读，最初就是从这个"图书馆"开始的。此后的几年中学时光，外国文学作品就一直是我课外阅读、文化生活中的一个主要内容，从中我不断得到滋养与教益，大大增强了学习外文的兴趣。如果说到我投考大学时，作为一个中学毕业生，在历史、人文方面的知识还算说得过去的话，其中就有得益于外国文学阅读的。

在求精期间，我遇上了中国"天翻地覆慨而慷"的大变化，先是"兵临城下"形势下的紧张气氛以及学校当局有关应变护校的一系列措施，最关键的一条便是紧闭校门禁止出入以保证在校同学的安全。一天，我们在校内猛听见嘉陵江对岸传来几声巨大的爆炸声，但并不是攻防战的炮火，而是国民党撤退前炸毁兵工厂的声响，那期间我们这些情绪半是紧张半是兴奋的初中生都庆幸自己的学校没有被轮上当炸毁的对象……很快，我们就见到了穿着黄绿军装的解放军战士了，我从军管会张贴出来的布告上，第一次看到了"邓小平"这个名字。我当时只因为觉得这个名字特别通俗化，特别不追求文气而格外注意它，没有想到这个名字对中国20世纪70年代以后的社会有如此大的影响，也更没有想到这个名字后来给我带来了"从1978年出发"的重要机遇……总之，我进入了新中国时代。

时代社会不论有什么伟大的变革，普通家庭首先要考虑的是自己的生存与生活。经过好一番考虑，父母亲觉得把家庭安排在自己的家乡会稍稍令人安心一点。于是，父亲又携全家回到了长沙，把我们安顿好以后，他只身去了香港开始了"打工仔"的生活。我离开了重庆的求精中学，正好初中毕业，此后我进了湖南长沙的省立一中。

二

湖南省立一中的前身是湖南第一师范，这就足以使它在国内赫赫有名了，因为这里"出了个毛泽东"，这位历史伟人年轻时曾经在这里待过一段时期。后来，共和国有位总理朱镕基也是从这个中学毕业的。

光荣历史离我们普通学子很远，真正使我等受惠的是它的教学质量，而这首先取决于它拥有非常雄厚的师资力量，至少在我就读的那几年中是如此。我记得教我们高中学生的，几乎都是有二三十年甚至更长教龄的老教师，只有一个语文老师彭靖略为年轻，约三十出头，但他当时已经是名满湖湘的著名诗人了。教数学的汪澹华、教英文的胡业奎、教化学的张荫安，都是湖南教育界的名宿大儒，德高望重。他们在20世纪50年代后期，都调进新成立的湖南师范大学当上了正式教授，可见他们的学力早已达到了专精的水平。由这些具有大学教授资质的老师来教中学生，焉能不出几个"尖子班"？当时，我们自己浑然不知，"身在福中不知福"，只感觉到这些老师的课讲得很好、很精彩，很有深度，令我们懂得很透彻，如此而已。但是，一到关键时刻，就见出奇效来了：在1953年高考中，省立一中的几个高三毕业班的成绩都非常出色，就我所在的高二班而言，更是优异突出，三四十人之众将近一半人被北大、清华录取，其余的则由哈尔滨军工大学、北航、北师大等名校悉数"收编"。只有一个人由于检查出有肺结核而未上大学。我自己当然也是省一中高教学质量的受益者，在升学考试中我考取了北京大学西语系就是最有力的证明。那时的高考中还没有考生可以查询自己成绩的制度，但我以自己的第一志愿被取录，总分大概也还不错。

当时的一中并无文理分科之说，但在我们班上学生们的偏重方向已经很明显，正如后来高考取录的结果所显示出来的那样，同班同学被理工科重点学校取录的占大部分比例。

在班上理科才子本来就比比皆是，相对而言，对文科比较感兴趣、文科成绩比较好的学生，要少得多，我自己便是屈指可数的几个人中的一个。虽然这个班有重理轻文的特点，但文科教师的力量却非常强，语文教师彭靖，他是当时著名的青年诗人，于古典文学也很有修养，特别是对杜诗，兴趣痴迷，学养颇深，其专业水平在中学教师中是少有的。我从一中毕业后没几年，他就以其优异的业务水平升为湖南师范学院的教师，后来更成为了湖南高校著名的文科教授。我在一中时，他担任我们班的语文教师兼班主任整整两年之久。在教学中，他不仅专业水平高，而且很认真负责，在班上重理轻文的氛围里，对几个爱好文科的同学自然更为关注、亲切，这大大有助于我们这几个"文科生"更多更经常地向他请教，这就无异于吃上了"小灶"。在这两年里，我不仅从他那里学了系统的语法修辞法、起承转合的作文修养，以及丰富的语言文学知识，而且还有对我以后的职业生涯似乎更为重要的文学鉴赏力。这种能力对于一个以人文艺术为研究对象的人来说，是至为必要的一种基本功，无此，你面对着一部作品、一个作家，就永远不会"有感觉"，就只能木木然、茫茫然。

到了高中三年级，我们班的语文教师兼班主任换了严怪愚。这更是一位在整个湖南、甚至全国都鼎鼎大名的文化人，他早在20世纪30年代中期从湖南大学经济系毕业后，投身于文化新闻界，与鲁迅有过交往，是鲁迅的坚决支持者。他曾任当时长沙著名报纸《力报》的采访部主任与主笔，后又担任过《中国时报》《实践晚报》的社长和总编，是一个思想进步、影响巨大的报人。抗战时期，他为台儿庄战役写过大量报道，在全国很有影响，他揭露汪精卫卖国投降的丑行，也震动了国人。抗战胜利后，他作为著名记者，政治上更为"左倾"，敢于对中共表示同情与支持。新中国成立后，他担任过报纸与出版社领导。后来，不知是什么原因使他离开了"领导岗位"而成为一般的中学教师，但一到省一中就担任全校首屈一指的重点班"金日成班"的班主任与语文老师，看起来还是很受当局与校方领导的重视与尊重的。

虽然严怪愚只教了我们一年，而且，作为一个"文科生"，我在课下几乎与他毫无接触，但却获益良多。实际上，他是我中学生涯中影响最为深远的一位师长。他的讲课很有特点，完全不像教书先生那样照本宣科，而更像一位大师名家的精彩演讲，热情洋溢，气势如虹，铺陈渲染，挥斥方遒。毕竟是名记者、四大主笔出身，语言铿锵有力，文句排比成势，其演说的气场甚是了得。虽然他讲的是一口土味十足的邵阳方言，但每上他的课，我都听得十分出神，甚至有点着迷。在如此的气场中饱受熏陶，对一个"文科生"来说，能不有潜移默化的影响？后来我出道后写的一些评论文之所以被人评为"颇有理论气势"，固然是由于我从翻译雨果文采斐然的文论中"偷学了"若干东西，但现在看来，也与严怪愚这位中学教师的影响有些关系。除了传道授业外，严怪愚作为班主任还做了一件让我终生难忘的事情：幸亏有他的关心与干预，我在高中三年期间三次申请入团都一次又一次被否决的老大难问题才得到了解决，总算使我没有从省一中这个我所珍视的母校带走一个永远难以愈合的伤口。这件事是我在一中所经历的磨砺中的一部分，我将在下文中加以补述。

除了教学质量高外，省立一中的另一个特点是，政治气氛特强，用流行的话来说，就是特别"突出政治"。湖南作为"共和国伟人的家乡"，从五十年代初期起就是一个特别突出政治的省份，而省立一中则似乎可算得上是湖南省里最为"突出"的一个单位。它老是得奖励、插红旗，成为经久不衰的"重点"，这似乎就是证明。如在抗美援朝运动中，全省中学教育中唯一的一个先进典型"金日成班"的荣誉称号便是落户在省立一中。在我的印象里，政治思想工作在省立一中几乎无处不在。这一强旺机制的发动机显然是当时党政一手抓的校长付业奎，他是一个身材像拿破仑、活力也像拿破仑的中年人，脸上从来都未见过笑容，总是忙忙碌碌。每逢节庆典礼、学业仪式、期末总结、期中考核以及大大小小的工作总结，他都要召集全校师生听他的政治报告，一讲就是两三个小时，从人类社会发展史讲到共产主义，从中华文明讲到社会主义建设……除了他这种"中央集权式"的政治宣示外，还有旨在全面培养公民政治觉悟与道德标准的政治课；有贯彻着民族主义、爱国主义精神的历史课；有致力于培养爱党拥党的新民主主义史；更有把学生的日常政治思想教育抓得紧紧的团组织生活以及每周都有的生活例会……加上我们学生都寄宿在校，生活管理的规章制度也甚为严格，以至今天回想起来，我在省立一中度过的高中三年颇有点像是半军营生活。付业奎也以治校有方的政绩而不断受上级的表彰，但我离开一中后才几年，就听说他在一次政治运动中成为重点对象，从此落马。

坦率地说，当时在这样强烈浓厚的政治氛围中，正处于自我主体意识形成过程中的我，经常也有不得已、不以为然甚至逆反的情绪，但自己作为"受教育者"，只有接受、顺从、适应的份。经过几年带强制性的熏陶，我也基本上被塑造成湖南省一中一个合格的高中生。我不敢说有多高的政治觉悟，多好的政治素质，但不失为有正确的志向、强烈的上进心，也很有勤奋致学精神的青年人，为日后进入大学后的自我发展打下了必要的基础。但是，毋庸讳言，这三年的熏陶，也在我身上打下了若干局限性的深深烙印。其一，是"左倾"的天真幼稚本能症，看待社会现实充满理想主义、乐观主义的热情，特别容易动感情，每听到"伟大辉煌"之类的报导，每听到"日新月异"之类的消息，就经常热泪盈眶，心情激动，及至后来到北京读书工作，每当节庆游行经过天安门时，更是心潮澎湃、不能自已而泪流满面，一两个钟头也平静不下来，心里充满了对自己个人主义私心的原罪感，更有自己要积极上进的种种愿望、决心与誓言……这样，我也成了一个惯于自省、惯于自我批评与"忏悔"的人，直到经历了"史无前例的无产阶级文化大革命"之后，现实使我明白了很多事情，我本能的天真幼稚才少了好些……省立一中政治教育给我的另一个烙印则是，循规蹈矩的惯性与谨小慎微的行为方式。这是因为自己接受与承载了太多的戒律、准则、标准、规范、规矩所导致的结果，这些戒律全天候在内心深处站岗放哨，把所有不合乎规范的意念驱散在"萌芽状态",而完全迫使自己"按着规范走",即使有感违心,也要求自己顺从下去。而如果稍微疏漏而在自己的行为中确见不规范的露头,那么它们很快就立马转换成最严厉的法官与最难缠的追究者,使自己深深陷于懊悔与自责……于是,在整个青壮年时期,我成为了一个甚为谨小慎微,相当循规蹈矩的人。也只是在"无产阶级文化大革命"之后,自己开始从蒙昧状态走出来,多少有了些许自觉自为的主体意识。一旦把问题看清楚了、把形势看准了,才作出被人视为"有胆识"的行为,但仍然严格远离政治禁区,至多只是打个"擦边球"而已。又由于我天性胆小怕事,我便始终没有成为一个"勇敢的人",但也未成为一个"冒失出格的人"。这对我来说,也未必不是一件幸事,这至少使我在历次惊涛骇浪的政治运动中,从没有"马失前蹄",总算保有了基本的政治安全,没有丢失自己相对平稳的书斋生涯。而这是我长期能够爬格子、终于获取了两书柜劳绩的现实生活前提。

省立一中生活还给我留下了另一笔终生难忘,并对我后来的学术文化生涯颇有影响的精神财富,那就是磨砺。

磨砺真还不少:繁重的数理化作业对一个数理低能儿的

压力；班上比比皆是的数理化"高个子"对"矮个子"的不屑与怜悯；每天早晨天蒙蒙亮，全班就得集体整队出校门长跑半个小时，身体高大的农家子弟在前面大跨步领跑，矮个子在后面跟得气喘吁吁，跟不上而有碍队形的观瞻那是不容许的。但是，要知道，因为集体宿舍里有臭虫团队的叮咬而睡眠不足，这一场晨跑就不是那么容易承受了，而且，早晨一起床两腹空空早有饥饿感，就盼望那一顿总有一盆美味豆腐汤的早餐。可是集体晨跑之后还要挨过一个小时的集体早自习之后才能进食堂……此外，还有几乎每周都有的"生活检讨会"，届时，矮个子、低能儿总少不了要经常做些自我批评……

所有这些日常的磨砺似乎都算不上什么，但有一个无形而巨大的磨砺，它像一块大石头一样压抑着我，使我深感其沉重。那就是这样一件事：我从入学的第一天起就积极争取入团，三年中多次正式提出申请，但却一次又一次被否决，到了高中最后一学期，甚至班上所有的同学，包括被视为最散漫最"后进"的两三个也都"光荣入团"了，唯独剩下我这一个。尴尬，极为尴尬；沉重，极为沉重。

我之所以感到特别尴尬，一是因为在省立一中这样一个突出政治的环境里，在"金日成班"这样一个"光荣模范集体"里，入团是每一个成员都必须完成的极其重要的"必修课"。入不了团，无异于最后拿不到一张完整的毕业证书，这件事对于高考分配与升学前途的巨大影响是显而易见的，再简单幼稚的人也不可能不懂。我之所以特别感到失望难受，其二是因为自己认定一再被否决的其实不是别的，而是我一片出自主观真诚的政治思想热情与自己从小处做起，并坚持不懈上进的努力。我不敢说我完全没有小我的小算盘与私心杂念，但是在当时那种强势的政治思想教育环境中，自己都不敢承认的私心杂念在思想上往往就已经被驱赶到了偏远的角落。何况，在行动上我的确下了工夫，作出了真心实意的努力，而所有这一切却被彻底否定了。其三，我也感到委屈不服，是因为在这三年里，所有的申请者之中，我是最早就有"进步要求"的"老积极分子"。而且从各个方面的表现来看，似乎我最有可能早早"登科入第"，可没想到的是最后全班却只剩下我这个"落后分子"，甚至有两三个"另类的"同学"无心插柳"，但也一一光荣入团了。更为令人"颜面扫地"的是，我从高一起，在班上也算是"有头有脸的"，虽然不是成绩"全优生"，但在文科方面绝对是领先的，虽然不是团干部、班干部，却一直是黑板报、墙报的实际"主编"，至少要算班上思想宣传工作的实干者，竟然在入团问题上一再被否决,实在有点"无地自容"。

为什么一再被否决,原因只有一个:那就是我有家庭问题。而问题则有两个方面:一是,你的父亲既然是为资本家、银行家做酒菜办筵席的,那你的家庭成分就有问题,是为反动剥削阶级服务效劳的,至少附属于反动剥削阶级。特别是,你的父亲是在香港工作,谁知道与海外反对势力是否有什么关系?你的家庭成分如此复杂,对此不能不严加审查。二是,既然你有海外关系,有成分问题,你自己就要与这样的家庭彻底划清界线,采取革命的态度,你怎么能说是出身劳动人民,或者是"个体劳动者"?所有这些问题既严重又难缠,足以在革命立场坚定、革命警惕性十足的团干部与团员那里,成为要对"青年团的纯洁性"负责,对"不纯成分"严格把关的充分理由,三年不变……

于是,我就这样受着、忍着,一方面是难堪、尴尬、憋堵、委屈、无奈,另一方面则仍要打起精神、自强不息、不能气馁、不能消极。如果自己就此失落、走下坡路,那不正说明原来的入团动机"不纯",是想混进革命组织吗?总之,我仍然得积极上进,忠于我自己,走我自己的路。就这样我坚持了两年,到了高三的那一年,我不再对入团抱任何幻想了,做好了作为"普通群众"毕业的思想准备,潜心准备高考，并仍尽力保持自己原来上进的本色。这样一来，我倒完全静下心来了，步子也走得更踏实，但是，我知道，自己身上已经有了若干沉郁的基调……

令人意想不到的是，就在高中毕业典礼举行前不久，我的这个老大难问题竟然奇迹般地解决了：我被通过加入青年团，而且是团支部主动来找我，授意我再主动申请一次。然后，他们很快就完成了通过与批准的手续。经过三次被否决，我总算成为了一个团员，而我们班这个先进模范集体，在走出校门之前，总算也实现了个个都是团员的"满堂红"的指标。事情怎么会有此神奇的转折？听说是班主任、语文老师严怪愚起了很大的作用：他从新近学生们的语文作业中，看到了我写的一篇作文，认为写得很有深切的生活感受，很有饱满的政治热情。他很奇怪为什么此人是班上唯一的"团外群众"，便询问团组织，这一问便起了推动作用。何况一个先进的团支部，最后得追求全班入团率满堂红的指标。

说老实话，这次"迟到的认可"当时并没有特别使我高兴。后来，我也从未把这视为我生涯中一件特别重视的事情，我现在之所以花了这些笔墨加以追述，仅仅因为我这一辈子有多次与此类似的遭否决、遇坎坷、坐冷板凳、被冰冻的经历。而在省一中的入团问题正是第一次，它给我提供了遭否决时沉住气、潜下心、习惯于坐冷板凳、最后把冷板凳坐得热乎乎的完整心理过程。这是我自己的一笔精神财富，每当我后来遇到被否决、遭冷冻的困顿时，自己已经有开端的这一次作为垫底，在精神上、心理上就适应多了，皮实多了，习惯多了，终于能"笑到最后"，如后来我在编书工作中的被排斥，如我的博导资格三次被否……如何坐冷板凳，把冷板凳坐热，这也算我文化学术生涯中的一条心得，其最初经验就来自我在省立一中的生活。

在北京大学读书期间的柳鸣九

高中毕业，我考取了北京大学西语系。1953年9月，我意气风发地乘车北上，我的中学生活总算画上了一个圆满的句号。随身带的行李除了有一个网兜里面装了一个洗脸盆与漱口缸等日常用品外，主件是一个棕色的箱子，那还是我上中大附中时，父母因我寄宿在校而给我添置的。从此，它便随着我辗转于广益、求精、省立一中的集体宿舍,这一次,又随我上了北大燕园。虽然它不是皮革制品,只是由硬纸板与木条拼制而成的,但我用得相当爱惜,没有什么损坏。后来,我告别学生生活、走上工作岗位、成家立业、多次搬家迁居以及上干校……我都没有把它扔掉。至今,它仍装着我的一些旧衣服,静静地躺在我房间里的一张旧桌子下,原来的棕色已经褪了不少,有点灰蒙蒙的,箱盖上还有两处受压损的伤痕……

永远活在我心里的这个孩子
——记儿子涤非的童年

儿子在美国英年早逝,留下了没有工作与收入的妻子与一个不到5岁的小女儿。

根据他生前的意愿,遗体捐献给了公共医疗机构。

他的亲人、同事、朋友、老同学在当地举行了一次隆重的充满亲情与友情的追悼会……

他留下来的财产除了保证妻女能过上不愁温饱、安定小康的生活外,还在他毕业的大学设立了一个以他姓名命名的永久奖学金,虽然规模不大,但可以每年资助一个贫寒的学子的学费与生活费。饮水思源,这个华裔青年当初就是靠美国大学的奖学金学成毕业的。他只活了37岁,但他对接纳他的社会作出了自己的回报……

"活得长久的人像是高高的一支蜡烛,而我可怜的儿子,他的蜡烛很短,可是他燃得那么明亮。"他的老母亲在美国的追悼会上这样说……

柳涤非，祖籍湖南长沙。祖父是从农村走出来的苦孩子，学得厨艺，成为名厨，靠这点本事谋生立业，竟然使自己的三个儿子都得以大学毕业。涤非之父是三兄弟中的长者。

涤非孕始于"十年浩劫"之中，1968年，正当社会上一片乱哄哄之时，从事文化学术业务的臭老九都在赋闲游荡，其母曰："前几年忙于工作没有时间，现在没有什么正经事可干，不如添一个孩子。"于是就有了涤非，此时他已经有了一个九岁的同母异父的姐姐。

迎接涤非出生的是家里的一片愁云。其父被圈进了"小学习班"进行隔离审查，原因是他曾在一个人数不过二十来人的小群众组织里身居"第四把手"。所作所为不过是走走中间路线，搞点折中主义，按"中央文革指示"、《人民日报》社论的调子贴过一些大字报，仅为获得较好的"政治表现"以求在大革命风暴中保自己身家的政治安全，从未干半点出格的事，却没想到成为"审查对象"被圈进了"学习班"，而出"学习班"时，竟成为了一个"被宽大处理的反革命分子"。回到家里，见到阔别了三个月的小儿子已长得虎头虎脑，能在床上爬来爬去，跟寻自己感兴趣的目标，或是一个小玩具、或是一块饼干。此时这个为父者头上已戴上了帽子，不敢想象这小儿子的未来，不禁哑声而哭。

给这小子取个什么名字为好？其父当时已被强加于身上的臭老九原罪与对"伟大领袖革命路线"的"现行罪"吓傻了、压垮了，但求"洗心革面""彻底改造"，竟把自己逆来顺受、充满了奴性的傻乎乎的决心，化为一个沉重的名字"涤非"给了这生下来就八斤六两、天真无邪、活泼好动的胖小子。事过境迁，在以后的日子里，其父每想到强加给了自己儿子这么一个沉重而颇有忏悔意味的名字，就感受到惭愧内疚，深责自己一时太窝囊、"太面瓜"。后来，这小子到了美国，傍着原名的谐音，给自己取了"David"一名，普通而自然，响亮而堂正，总算中和了、淹没了原来名字的涵意。

不到半岁，小涤非与他9岁的杏姐就一并被托付给住在湖南老家的爷爷奶奶抚养，因为其父母都被打发下了河南信阳一所干校，一去就是两三年。此干校似足以名垂不朽，因有杨绛的《干校六记》曾加以记述，只不过其劳动生活之艰辛与气氛之肃杀实远为胜过。爷爷奶奶均已年迈，抚养之辛劳可想而知，但虽苦犹甜，将孙子孙女视为巨大的乐趣。特别是对涤非这家门唯一的男苗更是奉若"上宾"，两老常在他跟前"争宠"。祖母对小孙子呵护备至，老厨工已退休在家，偏喜欢带着小孙子到公园、到街上去"显摆显摆"。虎头虎脑的小家伙除单眼皮不尽理想外，其他貌相均堪称俊秀，正是老爷子到处夸耀的对象。但老两口偏偏曾经有过一个"恐怖的回忆"：其长子在3岁那年，被一个骗子拐走过，幸亏那个骗子只剥夺了孩子身上的那件崭新的毛衣之后就扬长而去，还没有丧心病狂到把孩子拐卖掉，这3岁的孩童竟凭着自己的"狗运气"，跌跌撞撞从好几里外的街区摸回自己的家门，但据我看来，这很可能是"天老爷在暗中进行指引"所致。有此虚惊一场的经历，老两口对携小孩子出门从不敢造次，为防止小宝贝走失走丢，老祖父总是用一根绳子一头系在孙子的腰上，一头则系在自己的腰上，祖孙二人如此出游，倒成为了当地的一个街景。老祖父为了要跟难得由自己带着出游的小宝贝留下一张纪念照，竟不顾得改着衣装就这么一根腰带两人系在一起在照相馆里拍了一张照片，仅从他笑得那么傻呵呵的表情，就可以看出他内心之幸福。

信阳干校的政治生活是严酷的，劳动生活是艰苦的，但军宣队也尽可能给人性人情留下若干空间，如像允许同在干校的夫妇一年有一次"探亲假"，即让夫妻从各自连队的集体宿舍里搬出来，住进"招待所"的单间里十天半个月，在此期间，还可以把远在家乡的儿女接过来共享"天伦之乐"。于是，在几年内，小涤非曾有两次在他小姐姐的带领下，坐火车来到干校与滚泥巴的父母团聚。虽然吃的是简陋

涤非出国前与父亲在北京

的干校饭,住的是透风的泥坯茅草房,但这十天半个月对这一家人来说,就像天堂的日子。小涤非只要一得温饱,就变着法子顽皮,可惜既无任何玩具与同伴,又无任何游戏场所,有时只能拿他的老爸开心,如学老爸平躺在床上,两手枕在后脑下,跷着二郎腿,鼻孔里还不停地打呼。又如模仿老爸"打太极拳",两脚并列弯曲站立,两手下按,腰往下沉,这些动作简陋不雅,但在一个三四岁的小孩幼稚、朴拙而又滑稽的模仿下却既十分可笑又十分可爱。连队里对立的两派群众看得无不哄笑,往往"出题点戏",指名要他当众表演这两个节目,于是,两派共赏,一堂欢笑,出现了政治运动、"清查斗争"、思想改造大环境中难得一见的"和谐社会"场面。

涤非父母所在的单位虽然在1972年就从干校回到了北京，但剩下来的政治审查、政策落实一拖就是好几年，直到1976年才真正"安定"下来。因此，涤非与其姐仍寄养在湖南长沙的爷爷奶奶家，他幼年的大部分是在这里度过的，成长为一个聪明活泼而又憨厚的小童子，外观仍然是胖乎乎、虎头虎脑的。虽然他在这个城市里没有其父幼年被拐的那种传奇故事，却也另有近乎惊心动魄的行状。那个城市是中国有名的文化古城，与文化有关的种种活动，这里应有尽有，春游远足即为一项，虽然幼儿园要进行这种活动年龄为时过早，但园领导执意要举办这样一次盛举，不菲的春游费当然是要家长掏腰包的。盛举确乃盛举也，一辆大车将数十名幼童载到几十里外的远郊去"踏青"，不知道是大车超载还是其他什么原因，大巴在途中翻车了，翻到了坡下的干沟里，如此大的倾斜度，当然有死有伤。消息震惊整个省城，抢救成为紧急任务，爷爷奶奶之丧魂落魄、焦急如焚是不难想见的。苦熬了大半天之后，受伤的幼儿们被送了回来，其中幸有他们的宝贝孙儿柳涤非。他不仅逃脱大难，而且传出一段义勇佳话：当大巴翻个底朝天后，他因座位临近窗口，先有脱逃的机会，但邻座一个小女孩丧魂惊叫，见此，他就先让在一旁，让这位女士优先，然后自己才爬出窗口。此事乃家长听老师所述，老师则是听那位优先爬出窗口的小女孩所述。那时，四五岁的小孩既不知"英雄行为"是什么，也不知"炒作"为何物，谅非妄言。据爷爷奶奶说，这虎头虎脑的小子并没有提及自己这一"见义勇为"之举，倒是津津乐道自己逃出窗口后，发现自己的两只水果还留在车里，于是又爬进底朝天的车里把它们取了出来，他被送回家时，满身满脸都是泥泞，手里确实捧着两只水果。爷爷奶奶听着他这一段得意的自述，后怕得几乎出了一身冷汗。

"文革"苦难历程终于过去了，涤非与其姐得以回到北京与父母相聚。那时，父母刚从干校回来，原来所在单位好些宿舍都被"革掉"了，于是老旧的筒子楼成为安置好些家庭的"宿舍大楼"。那时的钱锺书、杨绛两个老研究员尚且只分配到一间办公室安家落户，涤非的父母这一对被"文化大革命"卡在副研究员这个等级前面的"资深助理研究员"的待遇就可想而知了。他们一家四口挤住在一间十几平方米的旧办公室里，一张大床、两张小床被三大块"布墙"隔了开来，各自成一统，浩劫之后的寒碜，也发散出温馨之家的气息。阔别数年，父母喜见儿女，有了就近观赏的时间，发现姐弟二人情深意笃，十分感人。杏姐长非弟九岁，处处照应与维护其弟，特别是在其弟与一大群"小哥们"相处的"场面"上，更是他坚强的后盾与保护人，对这个虎头虎脑、有点愣劲的幼童充满了母性式的呵护。如同很多小女孩从小就疼爱自己的洋娃娃一样，也像一些小女孩喜欢摆弄、支配自己的洋娃娃一样，其姐也在小弟身上实践了她人生最初的领导愿望与管理才能。不知是凭什么"法力"竟使得这顽皮的小弟十分服帖，言听计从，父母的严词管教也没有如此奏效。其姐此种管理才能日后果然大显光彩，在完成了从北京外贸学院到美国韦斯礼女子学院再到芝加哥商学院的优质教育后，她渐入美国公司的高层，干得十分出色，而且一直在其弟各个阶段的生活与职业中，都继续充当着"高参"与"顾问"的角色，直到其弟去后，她仍守护着其弟遗留下的幼女，不失为世上最为感人的姐弟情深的范例。

在筒子楼里有一大群孩子，从五六岁到十来岁年龄不等，其中有两个年龄较大一点的兄弟，天生精明乖巧、善于算计，并富有领袖欲，自然是统率幼童们的头头。一天，召集大家，发布命令，说要成立一个"共产主义合作社"，大家都得回去向父母亲多要一些零用钱，全部上交给他们"老大""老二"两人,由他们统一掌管,将来去买高级点心聚餐,或者用来购置大型玩具。众幼童虽惯于服从"老大""老二",但涉及如此大的经济利益,均慎重从事。有的聪明机灵,阳奉阴违,推说要不到零用钱;有的很有个性,公然不从;有的生来就学会了"上有政策,下有对策",十天半个月交上一分两分钱,敷衍了事;只有两三个幼童、忠心耿耿,贯彻执行。其中最卖劲的就是小涤非,他变本加厉地向父母索要零用钱,转身就悉数上交给了两位"老大"。"合作社基金"积少成多,但收入账目,当然是用不着公布的,至于高级点心聚餐与大型玩具更是不见下文。时间稍长,对老弟明察秋毫的杏姐发现情况不对头,才坚决制止了小涤非对两位"老大"的愚忠行为。

筒子楼的小孩群中,摩擦、矛盾与争执自是不少,中心人物是三两个颇有心计与领袖欲的孩子,是他们在"争雄"。涤非年龄较小,总是充当大王们手下的小跟班,加以天生憨直,毫无心计,不像有些聪明机灵的孩子见矛盾就躲,见阵势就溜,他却老是卷入大王们的争雄战中,有些事跟他完全无关,"八竿子也打不着",可他好,却主动参与,满怀"忠义"之激情,大有为哥们两肋插刀之架势。有一次,两个争雄的大孩子矛盾白热化,开打起来,战事甚为激烈，那可不是一般的推推搡搡，而是动了棍棒石头之类的家伙，旁边的孩子见了都大感惊吓，躲得远远的，作壁上观。小涤非当时并不在场，但闻讯之后就飞快地赶到现场，一边奔跑，一边大呼："慢点打，慢点打，我来支援啦！"他赶往战场参战，就像赶往一场盛宴，唯恐错过了最后一道佳肴。

其父母见傻小子如此憨厚执著、忘我轻利，不禁产生忧虑，深感此种性格恐难对付现实社会中的世故功利、手段心计，更难适应"左"调高扬、冠冕堂皇之复杂性。果然，愣小子一进小学，就显示出了其不适应，他并非犯恶行、有劣迹的顽童，但总是被班主任看不顺眼，不外是因为在课堂上手脚总安静不下来，未能做到双手交叉在背后端坐不动等有碍观瞻的小动作，特别是他有一次做出了莽撞的事情坏了班主任的"大局"后，更成为了讨厌的对象。

事情是这样的：班主任安排妥定，要举行一次既有活泼的民主气氛而又乃"全民一致"的选举，推举出班上的最优秀的"三好生"。届时，其他班的老师都要来观摩这次"民主生活"的盛典，对象当然也是内定好了的，是一个学习成绩好，也特别听话的小女孩。可有几个调皮的男孩对她在老师面前的那种乖乖劲颇不以为然，很想把她反掉，他们自己不想公然出来违背老师的意愿,就推举小涤非当"出头鸟",理由是,涤非的父母与小女孩的父母是同一个单位的,他出来反对一定令人信服,相信他是"大公无私"。小涤非欣然受命,在"民主盛典"的关键时刻,他站了起来大声宣称:"我反对!"班主任很不悦地反问:"你有什么理由?"傻小子险而语塞,终于答上来了:"她……她爱哭,在我们那幢宿舍楼里,她最爱哭"……调皮的男孩们哄堂大笑,伴随着的是那位快当选的女孩哇的一声大哭……一场民主盛典就这么被搅局了……

班主任的恼怒可想而知,从此,小涤非就没有少穿小鞋,幸而,他的学习还算站得住脚,换到了一所较好的小学。后来,在升初中的考试中,虽然他刚生了病发高烧,却有了一次奇迹般的超常发挥,竟一举考上了本市一所市重点中学,算是扬眉吐气,一泄初小期间的郁闷。

进入中学后,他很快从一个胖墩墩的孩童发育成一个俊秀的少年,戴上一副眼镜,俨然就是一个聪敏的小书生了,只是脸上仍存有憨态与稚气。也许是因为他身上渐渐开始显出了一个未来的有为青年的雏形,更成为了全家关注疼爱的重点对象。远在家乡的爷爷、奶奶、叔叔、婶婶思念他;近在北京的姥姥一生命运坎坷,把她晚年对孙辈的爱,倾注在他身上，甚过其他的孙辈；其母放弃了在美国名牌大学里的教席，也从自己的英美文学研究事业里分割出相当多的精力与时间，用于对他的培养教育，从照顾他的生活，到为他的文化学习特别是英语程度的提高另开"小灶"，提供家学的"营养"；其杏姐已是北京外贸学院的学生，在紧张的学习生活中，仍没有放松对宝贝弟弟的关怀与指导，从他的庇护者又渐渐成为他的"铁哥们"。在这个时期，他的关爱者队伍里，又增添了一个新的成员，安徽的小慧，她比涤非大不了几岁，还未成年即从乡下来北京打工谋生，落户到了涤非家。她以其淳朴、善良与勤劳，赢得了全家人的信赖与仁爱，作为报答，她则像大姐一样尽心尽责地照顾着这位"东家小弟"的生活。

在这一片年长女性柔情温馨的关爱氛围里，似乎谁也没有发现这个清秀少年曾经有过青春期的逆反心理表现，唯有其父有所感受并深知其厉害，不过，这也得怪为父者自己。他曾经坦言自己的才力仅为"中等偏下"，不论此话有多少自我调侃的成分，反正面对着无涯的学海与不无阴险的人际关系，他要努力在学术阶梯上往上爬，当时得竭其全部的心力与时间，实在无暇关心儿子的成长与教育，特别是儿子有一次得了凶险的疾病，住院期间全靠其母照顾，做父亲的只寥寥探视过两次。他自以为心底里最爱的是儿子就够了，更满足于自己多挣稿费以充分保证儿子餐桌上的丰富营养与旅游开支的这种父爱方式，他这种伦理上的误识造成了儿子对父亲的隔阂与淡漠，这是这个可怜的父亲终生最引以为憾的一件事。

学校毕竟是首善之区的重点名校，家庭毕竟是家长父母供职于"翰林院"的"书香门第"。在这双重良好的环境中，他得以正常健康地成长，培养了吸引着他求学之外剩余精力的课外爱好，一是集邮，一是收集名人签名。

他开始是如何动了要集邮的念头的？最初，肯定是因为经常看见他母亲的美国学者朋友来信上漂亮的邮票而动心的，很快，他的母亲大人就成为了他集邮爱好的首席"赞助者"。接着，跟进的是他的杏姐，既然乃弟这一爱好颇为高雅，她当然大力支持，由于杏姐在外贸学院的同学里人缘甚好，又给宝贝弟弟带来了几个热心的赞助者。甚至有一位不相干的男生，因为正在追求与杏姐同一个宿舍的女孩，为获得成功，他不惜把公关工作做到最大限度，杏姐既然是这个女孩的挚友，自然也就成为了公关对象，而公关方式则是送给杏姐的宝贝弟弟一小册邮票。可见，在同学们之中，杏姐对自己这位弟弟的重视与关爱早已有点名声了。及至杏姐在美国韦斯理女子大学深造、在芝加哥商学院念学位期间，还从奖学金中节省一些钱来多次为老弟购买邮票邮册。其中有一本1984年美国各种纪念日首日封邮票集锦册，装帧豪华，并署有收藏者姓名，一看就是价格不菲的精品。有了如此多热情的赞助者，涤非的邮票集存日渐小有规模。

上世纪80年代初，中国进入开放时代，公开的自由市场纷纷出现在各地各个角落，集邮之乐从来不"纯"，总是伴随着交换与买卖。当时，北京市宣武门大街的集邮总公司前，就是一个热闹的邮票交易市场。涤非从参观到参与并成为了那里的常客，每当节假日，他将一个绿色军用书包挂在脖子上，垂在胸腹前，出发到那个人头攒动的邮票市场上去，算是做点"小生意"吧。从他将那个布书包挂在胸前的谨小慎微的方式看，书包里显然装着他珍视的本钱：若干邮票与若干人民币。但从那书包空瘪瘪、轻荡荡的形状来看，则可想见其中的本钱实在少得可怜，至少他没有把自己的主要"财产"全部带上，颇像其父一生谨慎求稳的性格。显而易见，在那个交易市场上，他仅仅是一个怯生生的小毛孩，还远远未把生意人成熟老练的做派学到一星半点。其父其母深知自己虽在文化业务上善于做事创业，但实不善于交换交易，以致实诚有余，机巧不足，在现实生活中进取得甚为辛苦，故乐于看见儿子去交易市场上历练历练。与此同时，出于对儿子

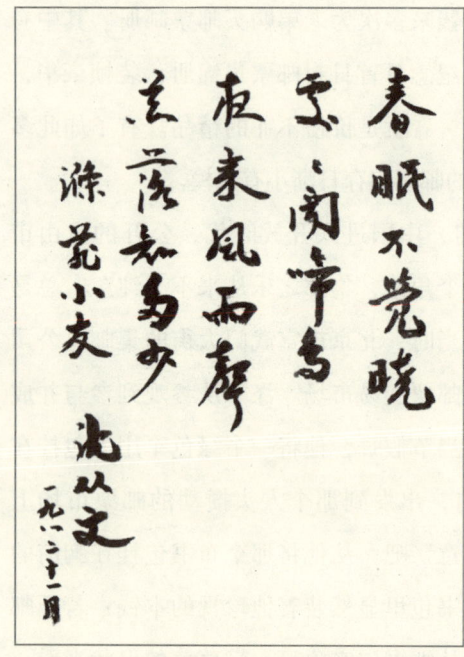

涤非签名簿之沈从文页

本性的认识，相信他既不可能大赚大发，也不至于受损亏本。后来，事实证明果然如此。

征求名人签名一事，创意出自乃母，其意一在让小儿子感受一点名人效应，以起励志作用，二在锻炼儿子拜会、晋见、求请名人长者的能力。好在父母二人此时已是文化学术领域里颇为人所知的中年人，认识名家师长不少，有父母的引见，小涤非并不把征求签名一事视为畏途。他积极响应父母的创意，准备了两个当时还算装帧精美的日记本作为签名簿，在扉页上，写下这样的告白："请您留下宝贵的签名和赠言"，他的署名下标明的日期是1981年11月23日，当时他刚十二岁出头。

> 你一定会有许多朋友
>
> 写给涤非小友
>
> 王蒙
>
> 82.5.3.

涤非签名簿之王蒙页

  虽说他年纪不大,签名簿的"门槛"倒是相当高,一开始就征集到一批文化名人的签名及赠言,当时在文化界德高望重的戏剧家夏衍题辞:"业精于勤",著名作家王蒙题辞:"你一定会有许多朋友——写给涤非小友",享誉国内外的文学家、学者沈从文抄录了孟浩然《春晓》一诗"赠涤非小友",大科学家茅以升题祝"天天向上",签名留念的则有一大批文艺界名流,其中有著名诗人艾青,著名学者李健吾,著名小说家刘心武、谌容、林斤澜、宗璞,著名报告文学家刘宾雁以及戏剧音乐界的著名人物夏淳、凌子风、李德伦,还有多次荣获世界冠军的中国女排,包括邓若曾、袁伟民、朗平等全体队员。

从1981年末到1984年,他坚持征集不懈,共得到了50余位名人的签名,大多数是在乃母的引见下获签的,大学者钱锺书对此甚为激赏,特题辞曰:"继母之才,承母之教"。有的则是有贵宾来家做客时请签的,如谌容在签字的下方就注明了一句"在小非家里"。1985年后,他因开始忙于申请出国留学,征集活动停了下来,但1986春他赴美留学时,行囊里也带上了他这宝贵的签名簿。到了美国后,他暑期在波士顿的坎布里奇进修英文时,又开始了征集名人签名的活动,征求到的有哈佛大学好几位著名的教授,如艾伦、孔飞利、韩南、萨奇等等。这个时期他很快学着把西部牛仔的闯劲用在获取签名上,所得更增,他当时正住在其母在坎布里奇的寓所里,寓所就在哈佛大学附近,来哈佛大学演讲的大人物不少,他正好有近水楼台之便。曾经主持过洛杉矶奥运会的世界名人尤布洛斯来演讲,他努力接近讲台,成功地获签了。闻名世界的参议员爱德华·肯尼迪作为嘉宾来参加校庆活动，他盯紧不舍，但无法靠近贵宾席，只好趁这位名人上洗手间之时守候在外，终于成功了。还有一次，时任欧盟主席的卡林顿勋爵来哈佛，他费了好大的劲靠近了这位政治家，但保安人员技高一筹阻止了他，眼见功亏一篑，那位通情达理的政治家见状制止了保安人员说："他是个毛孩子，别拦他。"他又一次获得了成功。

征集签名固然是乃母教育与培养宝贝儿子的创举，但更为庞大而艰巨的教育培养工程则是申请出国留学。此事溯源于上世纪80年代初。众所周知，在中国，有一个得天独厚的阶层，其龙凤子弟在每个不同的历史时期从来都是得风气之先，什么道路最风光、最优越便成群结队投身于什么道路。在文化大革命"横扫一切牛鬼蛇神"之际，他们挥舞皮带成为了伟大领袖的"红卫兵"；在当兵从戎大大优越于苦不堪言的上山下乡插队落户的时期，他们就纷纷参军入伍；在高考恢复后学历成为就业的过硬通行证的时期，他们纷纷进入了高等名校；而在"改革开放"之后，出国留学则成为了龙凤子弟上选的道路。公派出国的名额"粥少僧多"，于是自费出国又成了这个阶层子弟的热门选择。

小涤非的父母既无政治地位又无经济实力，一直对此新时尚浑然不觉,所幸知识家庭所具有的文化优势起了作用,不是"由内而外"的作用,倒是"由外而内"的作用。事情是这样的:乃母以其优异的学术表现,于上世纪70年代末、80年代初得美国哈佛大学燕京学社的邀请成为最早的中国访问学者,在美期间深得学界人士的赞赏与友情。这些有民主党倾向的学术精英,眼见中国有政治背景的子弟纷纷赴美留学已成为一道热闹的风景,不禁对这位出色的中国平民女学者发问:"你为什么不争取让你的儿女也来美国上学?"一语顿开"茅塞",启示了这位女学者的奋斗方向。于是,她谢绝了美国的高等学府的教席,回国致力于让儿女走出国门的工程,为他们赴美求学打基础、做准备。大女儿的事比较好办些,她已经在外贸学院就读,各科成绩与英语水平均为优秀,且明理懂事,善于把握自己,得乃母的辅导,故在申请与面试中皆有上佳的表现,顺利得到了美国著名学府韦斯理女子学院录取,于1981年赴美。

小儿子的事则比较艰巨,他正处在初中毕业上高中的过程中,只能申请有高额奖学金的美国名牌贵族中学,这似乎比申请上大学的难度更大。特别费工夫的是,他必须大补英语,在听说写读上全面达到美国高中学生的水平。这不是一朝一夕所能做到的,于是小涤非开始了紧张而持续的奋斗。

奋斗有三条"战线"：其一，要对付本校沉重的学习压力。中国学生在应试教育的辖制下，其负担从来都以繁重著称，越是好一点的中学越是如此，这些就足够他那正在发育的小肩膀去承受了。其二，他课外必须恶补英语。先是由乃母每天给他开"小灶"，提供"家学"的特殊营养。本来，有这样一位英语水平曾深受朱光潜赞赏的北大精英执教已是十分难得，但慈母当不了严师，面对小儿子的任性没有辙，只好加请了一位以英语家教为业的老师来严格执教，按钟点付酬，且标准甚高。后来为了更快提升口语能力，又在西郊一个大学里找了几个美国留学生每逢周末定期定时跟他"聊天"。那几个美国聊友都是利用周末休假来挣外快的，也得按钟点付酬，其标准甚至比中国教席还高。总而言之，准备工作的大半时期，小涤非整个就全扑在这条"战线"上，稍后，才开始转向第三条"战线"，即做申请工作与应对面试，那就是最后的冲刺了。

在这一年中，乃母的负担着实不轻，除了要完成自己分内的学术研究工作外，还兼负照顾儿子的生活与辅导他英语学习的两大任务。幸亏在家务方面，有了一个小帮手，那是从安徽农村来北京打工的小姑娘小慧。她深知这个家庭里的重中之重就是要保证小涤非在奋斗中有足够的高营养美食，为此，她就要尽可能在饭桌上提供小涤非爱吃的佳肴，如炒鳝鱼、爆腰花、熘肝尖、烧田鸡等等，几乎从不断档。由此，她与小涤非开始建立起了姐弟般的感情，及至后来她自己的孩子渐渐长大，就把已经远离中国的涤非称呼为"美国舅舅"。

除了保证小涤非的营养，使他在超负荷的学习中有足够的能量外，乃母还不时安排他作适当的休整，以免他紧张疲劳过度而崩溃，也是为了给他另外补充一些精神力量与养分。如带他在北京周边地区进行参观游览，参观过周口店北京猿人遗址，也去居庸关登上万里长城俯视中华山川。母子还曾作过不止一次长途旅游，一次是去泰山的顶峰观看日出，其攀登的道路想必就是秦始皇当年封禅泰山所经途径；还有一次是去青岛，感受了崂山的灵气，见识了黄海的浩瀚。所有这些，似乎是涤非出国之前对中华大地的一次深情凝视，一次五味杂陈的告别。本来，他还有一个最大的心愿，那就是趁母亲去一所大学讲学之便前去西安旅游一次，特别是去瞻仰兵马俑这样的中华文明奇迹，为此，乃母已做好了计划与安排。临行前不久，考古界一位长期驻守在西安的朋友来访，称西安正在大闹鼠灾，并伴随有病疫流行云云，乃父闻讯大感忧虑，唯恐母子二人前往旅游将危及健康安全，故坚决主张改期进行。母子二人只得取消原来的计划，其中包括乃母在西安讲学的安排。涤非由此与西安古代奇迹失之交臂，此后，事过境迁，他再也没有找到适合的时机去造访，成为他生平一大憾事。及至他去世后，乃父每想起此事，不禁深感愧疚。

经过一年左右的持续奋斗，小涤非在本校的学习成绩稳步前进，课外补习英语获得了长足的进步。两条"战线"都已打下了扎实的基础，他开始转向了第三条"战线"——向国外中学提出申请并准备应试，其引领人与辅导者仍是乃母。在广泛地对美国的中学作了准确的调查研究之后，选出了三个有权接受外国留学生并能提供奖学金的美国名牌中学作为申请对象，它们是密尔顿（Milton）中学、安多韦（Andover）中学与莫西·布朗（Moses Brown）中学。然后就是正式提出申请，并在复杂的申请程序中一步一步往前走。走完这些渐进而繁复的程序，本身就是一个耗时费劲的巨大工程，有大量要填写的表格、要作答的问题、要呈报的个人资料，邮件来往不计其数。仅邮费一项即非同小可，足花费父母二人大半年的工资。盖因上世纪80年代改革开放伊始，凡是办一切涉外的事务均需付高额的费用。不难理解，在一个古老的义和团排外情结根深蒂固的国度里，不安本分妄图涉外者，当然要付出相当的代价。幸亏涤非的父母是文化界著名的学者，尚有一些稿费收入来支付申请所需要的花销，如果只是个一般的家庭，那肯定是承受不起的。当然，比起申请过程中事务性与经济方面的负担，更为费劲的是必须书面回答一些考核性的问题，实际上也就是要完成一些"功课"与作业以提供给校方进行检验与考察。举例来说，其中有这样的问题：为什么要申请赴美求学？如果能实现这个目的，将来准备从事与投身什么道路，有什么抱负等等。这实际上就是要求申请者写出一篇述志的文章。涤非就此洋洋洒洒完成一篇英文作文，大意是说自己赴美准备致学于新闻出版专业，将来学成有志于回到自己的国家创办一份报纸，宣传民主平等，主张社会公正。他想投身新闻出版事业，这可以理解，其父母均为学术文化界人士，与新闻出版也算是近邻，受家教影响，有此意愿实属自然。但有志于在中国创办一份报纸却使父母也意料不到，深感其子已经长大了、成熟了，小脑袋里有了严肃的问题。但也深感儿子天真幼稚，要自己创办一份民主的自由的报纸，谈何容易？真可谓是异想天开！幸亏他后来在美国改变了志向，转学经济，并留在美国就业，总算没有按照自己的初衷走下去。

面试是"考官"直接而无微不至的审查，对于没有出过国门的中国学生而言，是更为令人发怵的事。涤非所申请的三个学校的面试程序是认真、严格而一丝不苟的，每个学校都各自委托了两三个在中国的美国公民进行面试，一般都是来华访问的学者、教师，也有个别来华旅游的资深人士。面试是对申请者的英语理解力与表述力以及文化知识水平及人品教养的全面考核，涤非不无紧张地一场一场应试了下来。一年多来的英语恶补总算没有白费，他每场应试之后自我感觉都不错，而从后来的结果来看，那些素不相识的、铁面无私的"考官"对这个中国少年的表现还是认可的，肯定作了良好的评价。因为过了一小段时间，三个中学都来了录取通知，并都承诺给予全额奖学金。对于一个中国学生来说，全额奖学金意味着什么？那就是免交学费，那就是免费给你提供膳食与住宿、甚至若干零用钱，这可不是来自中国的"庚子赔款"，而是美国人纳税的自家钱。这种优惠的慷慨是不言而喻的，值得我这个中国人道一声感谢！三个中学在美国都是闻名遐迩的名校，但以安多韦名气最高，学校条件最优越，美国有不少政治名人与学术精英，皆出自该校，两届美国总统布什父子二人都是从这里毕业的，而且该校愿意给涤非的全额奖学金最为优厚。对一个中国少年来说，这真个是一大块馅饼从天而降，落在了自己的头上。理所当然，到安多韦上学去！

1986年春夏之交，对于这个家庭来说，是一道"坎"，是一个"分水岭"。稍前两个月，涤非之母已第二次获邀赴哈佛大学做访问学者，而涤非也即将赴美上安多韦，其姐也早在几年前赴韦斯理上学，从此再没有回过这个家。这是一道明显的"坎"，在此之前，一家人虽也有分离，好歹总聚集在一个国度、一个"空间"，而在这之后，则不折不扣是"天南地北""天各一方"了。

涤非在乃父的带领下，总算办完了出国的种种手续。虽然获取出国护照手续的内容与程序并不多，其工作量是远远不如入美国境内申请奖学金与签证那么多、那么繁重，但办理起来却反倒更为麻烦、苦涩、劳神、费劲，这是涤非对故土最后一次切身的感受与体验。当他获得了护照与签证时，他不禁高兴地叫了起来："我终于可以飞上天啦，可以到美国去上学啦！"乃父见他如此兴奋，不难理解他此时颇有羽翼渐丰而欲展翅高飞的意气，也深感在他这句话的后面，似有若干人生初阶段略带苦涩的积淀：父母的坎坷、家庭的困顿、社会的灰暗与不平、自己在国内前途的不容乐观等等。如果有可依赖的天恩祖德，有饫甘餍肥的生活，有指日可待的锦绣前程，还何需不辞艰辛、远走他乡？其父有清楚的认识，儿子此去路漫漫而修远，奋斗之途决非一马平川，定要做出艰苦的付出。为了使他在奔往遥远目标的进程中无需他顾，已到知天命之年的老头子特别叮嘱其子，如果乃父旦夕有疾病灾祸之类的事故，他只管致力于自己的学业与奋斗，而不用回国探视照顾以尽世人所谓的"孝道"。把儿子的奋斗看得大大的，把为父的存在缩到小小的，倒也确实蕴含着对自己独生子的真挚钟爱。

1986年5月，终于到了动身的那一天，涤非一身普通衣着，一件浅色布夹克，配一条牛仔裤，既精神，又朴素，全无公派出国生公费西装笔挺的官家气派，也不像靠父母丰厚的腰包而十分时尚神气的阔少，他的行李中甚至没有带上一套西装，乃母曾经叮嘱他："不要在国内做西装，式样总不免有些土气，还不如到美国后再买不迟。"他行囊中带书也不多，除了一本英文大字典外，只有一册《唐诗三百首》与一本钱锺书的《围城》，这大概就是在他少年心目中所认可的两部中国文化典籍的代表。钱氏的那部小说，乃建国后人民文学出版社的初版，扉页上还有钱公赠书给涤非父母的题签，小儿子恃父母之疼爱，未通过"正式申请"的手续就把这本签名本名著置于自己的赴美行囊中。临行时其父送涤非到机场，眼见他俊秀而生气勃勃的背影直往前走，甚至没有回头再看一眼，最后消失在进口深处的人流中。乃父久久地等在机场外,直到载着儿子的那架飞机越过上空,渐飞渐远,完全消失在天边后他才怅然若失地回到家里……此后好些年,那俊秀的渐行渐远的背影不时浮现在这已进入老境的父亲的脑海里,日渐凝现为一幅缩影,似乎成为了这个父亲与儿子整个关系的一个象征……事实上,首都机场一别,父亲一直有十来年没有见过自己的儿子,又过了十年,也只见过四次,其中两次基本上只是在一起吃了一顿饭后就分手了,后两次总算一起游了游公园、逛了逛街道,但都只有短短三四个钟头而已。机场之别,实在是一道明显的"坎",从此这位父亲再也没有真正享受过一次天伦之乐,甚至连一次促膝谈心的乐趣也没有得到过……

中国是一个小农经济历史悠久的国度,小农的生产生活方式在家庭、伦理的观念与理想上打下了深深的烙印。"老婆孩子热炕头"一语,虽然俗不可耐、平庸至极,但却是产生自小农经济生活方式的一种最典型的家庭观念,甚至是最普遍的家庭理想,其中最为核心的天伦理想便是"一家人聚在一起"。这位送别了自己儿子的父亲虽然饱受过西方文化的熏陶,胸臆中也不乏海洋文化开放式的辽阔,但内陆文明那种"团聚在一起"的家庭理想深深地、牢牢地、无形地植根于内心的深处,甚至溶化到了血液里,毕竟他从小是在不论家境如何,每年全家必须聚在一起吃一顿"团年饭"的习俗中长大的。不难理解,送别了儿子的父亲回到自己的家里,竟感到无时无刻、无处无所都是一片空荡荡、虚悠悠。他没有想到,这个少年在他的生活里竟有如此大的分量,抽身远去竟留下了这么一大片空虚,他自己在儿子临行前那些充满理性父爱勇气的"重学业轻孝道"的叮嘱,很快就被老父亲的柔弱感伤所取代了。特别是眼见至少在未来的十年内家人都将天各一方,相聚无望,而自己又已经面临着日益衰老的人生,真有如灾难临头、全家分崩离析之感。这种感受,特别因为他本质上是一个顾家的男人,灵魂中有着深深的"完整家庭"情结,而格外强烈、格外难以承受。由此他身心极不适应,极不协调,以至完全失衡乱套,大病一场。为了挽救不可抗拒的身心颓势,他发挥从青年时代就养成的勤奋劲,下大力气就医,仅针灸就每日一次,再加上体育锻炼,坚持数月,总算渡过了身心健康的难关,跨过了1986年这一道"坎"。

"小蛮女"记趣

我把她叫做"小蛮女"。这么叫她的缘由来自她刚满一周岁时给我的两次印象。

有一次,我打电话到她在美国的家,接电话的不是她的爸妈,而是正在她家过假期的奶奶。老夫人的声音很不清楚,被一个巨大的噪音掩盖了,但听见"梆""梆""梆"的声音响个不停,一听就是有人在持续地敲打某个东西,没有一点节奏,乱敲乱打,但劲头十足。我好不容易才听清楚老夫人的解释:"小贝比正在厨房敲锅,这是她最喜欢玩的花样,不出声的玩具她不感兴趣,非要声响大的不可。""小贝比",好一个娇滴滴的称呼,我觉得在那一阵巨大的敲打声对比下,这个称呼显得有些"逗"。

另有一次,也是在通电话中,我听见了几声小孩的尖叫,放开了嗓子,但却没有什么感情色彩,像是一种原始的瞎嚷嚷。对此,老夫人在电话中作出注解说:"小贝比正爬到小狗身边去抓它呢,她喜欢抓狗玩,那狗一见她就躲,害怕她，特别怕她尖声大叫。"据说，她的爸妈，早在她出世之前就养了一条狗，出于各种考虑，大人总不让狗去接近她，可她却偏喜欢往那像狼犬一般的狗身边去。我就见过她这么一张"玉照"：那条狗正躺在一个沙发旁的地毯上，这位小姐爬去抓它的尾巴，脸上还带着一个顽皮捉弄的微笑，而那条狗的体积足比她大一倍。你不用担心那条狗会伤着小姐，它怕她，它烦她。惹不起还能躲不起吗？只要一见她过来，它总是很知趣地开溜。

从这两次印象中，我想，这哪里像小玉女、小贝比？从此，我在家里把她叫做"小蛮女"。

她有"九斤老太"式的爷爷奶奶，有八斤六两的父亲大人，自己且不含糊，也达到了八斤出头的水平。但是，据说，她母亲生下她后，却瘦得"身轻如燕"，真是奇迹！不知是她母亲有奇迹般的亲情，竟把自己全部的营养都倾注给了这孩子，还是这小蛮女吸自己母亲的养分吸得太"蛮"，竟几乎吸得个精光！

你瞧她，胳臂腿那么粗壮，肌肉瓷实。长得虎头虎脑的，一头又浓又密的黑发，一两寸长的时候，从来都是竖着、支着，呈放射型，像刺猬似的。她胃口极好，"开饭时间"稍迟了几分钟，她就急得两脚直蹬，吃饱喝足之后，常舒叹出一口气，似乎在感慨每顿饭菜来之不易。她一切都凭本能，野性十足，力气又大，像只小虎妞，你休想她会听凭你摆布。要给她洗个脸，必须先将她按住，用迅雷不及掩耳的速度将毛巾在她脸上一掠而过，否则她就会飞快地闪开。洗个脸如此，换件衣服的工程则更大，非得两个大人通力合作才能完成，特别是给她穿袜子，更是麻烦之至，你一穿上，她就用手把它拽掉，或者两脚互相一蹬，两只全都蹬掉拉倒。她显然不喜欢这些衣物的束缚，而崇尚野性的自由，简直就是一只小动物！

不要以为她像小动物一样丑陋、怪异，她容貌姣好，眉清目秀。单眼皮，大眼睛，目光炯炯，有眼神，有灵气。脸圆圆的，下巴微尖，小嘴两边各有一个小小的酒窝，含蓄而不显俏，如两粒幽静的丁香，使人想起了许晴脸上的那两个……她绝对要算是一个小美女，但不是花瓶的美，不是娇艳的美，不是俏丽的美，而是大气的美、大方的美。

也不要以为她像小动物一样粗野不文，她文明卫生的雅兴似乎还相当高。她的最爱就是到自己的小澡盆里清洗、浸泡、玩水，只要一见大人拿着彩色鲜艳的大澡巾过来，她就明白自己的洗礼就要开始了，因而手舞足蹈起来。她还有一个特别的卫生习惯：她不能忍受过时给她换尿布，但每一次刚换上一块新的，她几乎毫不例外地立即就撒下一泡，大人只好又给她再换一块，遇到这种情形，他的父亲大人就嗔怪道："小蠢材，又白白浪费一块尿布。"对此，小蛮女的老爷子却另有见解，他说："这小家伙倒是有洁癖，这么小，就会选干干净净的茅坑拉屎拉尿。"

"小动物"即使是动物，毕竟也是灵长类动物，颇不乏本能的机巧。且看她在能行走之前老在床上爬来爬去，忽有一天，爬到了床沿，她就像到了深渊之前一样本能地警觉了，于是停止向前爬行，而端详着"渊"下的情景。这么两次后，她突然掉过头来，将屁股对着床沿，将一条腿伸下床慢慢地进行探索，接着另一条腿也照样这么做，然后全身便逐渐滑下去，有时，她行动笨拙，不免一滚，摔在地毯上，屁股着地！不痛！坐起来再爬！有了头一遭，就有第二次……于是，爬下床就成了一项娴熟的技能，小蛮女的活动天地也就从大床上扩展到整个屋子的地毯上，地毯上那么宽广，对她来说如一马平川。一天，小蛮女爬到楼梯口，见楼下又是一个大世界，可惜这个深渊更深，揣摸了几次之后，小蛮女将下床的办法用上，仍将屁股开路，小心翼翼，神情贯注，全力以赴。她成功了，时至一岁零一个月，她已有能耐在楼梯上爬上爬下。在会站立行走之前，她就这么用原始的、简易的办法,艰难而执著地扩展自己最初的人生空间,这也许可以说是小蛮女在学步前优胜纪略的第一章吧。

我是个南方人,在我的家乡,"蛮"这个字经常出现于日常口语之中,什么"蛮好""蛮坏""蛮漂亮""蛮多"等等。在这些组合中,"蛮"字只形容某种程度,是唱配角的。但这字也有一些唱主角的时候,含有实质性的内容,如其中有这么一个词"霸蛮",意思是说:超出自己的能力范围去做一件事;勉为其难地去做一件事;需要发挥主观能动性、付出很大努力、克服极大困难地去做一件事。我很欣赏这种精神。我家乡的人都崇尚这种精神,故有"南蛮子"之称。如果没有这种精神,中国近代史上"南蛮子"中就不会出现那么多慷慨悲歌、大有作为的人;如果没有这种精神,很多事情中国人本来是很难做成功的,此大而言之也。小而言之的话,那就更具体了,如果没有"霸蛮"劲头,小蛮女的爷爷仅凭"中等"的智力水平,那就只可能无所作为、一事无成;如果没有"霸蛮"劲头,小蛮女的老爸当初就挣脱不了脐带绕脖三周的困境而出世,现今就不可能远隔太平洋在"新大陆"进行创业,当然也就不会有今天这个小蛮女了。

从小蛮女身上,我看到了"蛮"这种元素,这也就是我为什么乐于称她为"小蛮女"的原因。

时至今日，小蛮女已经能蹒跚而行了。她将走上自己的人生道路，从行走到蹦跳、到奔跑、到飞。任何人的道路都不可能是平坦、光溜、顺畅的，走上路需要费劲，从"最初的一爬"开始，走下去更是需要精神、体魄、智慧、知识、执著与毅力。小蛮女将如何继续她的人生行程？说不定她会碰上"山穷水复疑无路"的困境，她肯定需要努力，需要奋斗，需要拿出对付一切阻碍的"蛮劲"与机巧，就像她最初的爬行那样，但愿她能开辟出"柳暗花明又一村"的境界，而且是不断地拓展。她将上什么大学，攻读什么学科，成为什么人才，取得什么成就……

老爷子垂垂老矣，尤其因为相隔国界与太平洋，不敢奢望能看到小孙女那么多的前景，只希望在较近的将来，能牵着她的小手，带她逛王府井的"大食袋"，看她像只小馋猫，吃得下巴油亮油亮的，指着另一种花样的食品对我说："爷爷，那个好吃的，我还要！"

写于2004年5月14日

小孙女回国"问祖"之时

家音一则

老夫人从美国归来。

"世界上最重要的消息是什么?"老头子问。

对老头子来说,只有小蛮女的消息才算得上是"最重要的消息"。那三岁多的小孙女几乎就是他的全部世界。

老夫人应声讲述一则。

老头子听着大笑,笑得傻呵呵,回味无穷,特记录以自娱。以下祖孙二人对话,全系英语,盖因小蛮女从来就生活在"异国他乡"。仅为与国人分享,故译录为中文也。

老夫人在北京探亲后,又回到在美国的儿子家。小蛮女见老夫人进了门来,应妈妈之命,叫了一声"奶奶"。

阔别了半年多,看来她对这位奶奶似乎有点记不大清了。她用那双亮晶晶的眼睛盯着奶奶,眼皮不时眨了一眨,像是在记忆中使劲搜索过去的印象。

"你是不是很老很老?"她问。只有自己爸爸的妈妈才

"很老很老",先问清楚是否"很老"就可以确定身份与关系啦。小蛮女三岁半的脑子里似乎在进行这样的智力运作。

"是呀,我很老很老啦,我的小一村。"老夫人答道。小蛮女的中文芳名叫柳一村。

"你是不是很穷很穷呀?"小蛮女又问。没有自己的楼房,要住到她和爸爸妈妈的楼房里来,一定很穷。不过她怕伤着老太太的自尊,并没有下结论,只是试探地问问而已。

"是的,我很穷很穷,我已经退休了,我的小孙女。"老太太这么回答。不论在美国还是在中国,退休都意味着低收入,甚至清贫。

小蛮女和她的父母亲

第二天，小蛮女围在奶奶身边转来转去，她看见老太太脚上的灰趾甲："奶奶，你的脚趾甲不好看。你瞧我的。"说着把袜子拽下来，露出一双粉嫩的玉足，一排脚趾甲光泽发亮。"你再看，我的手指甲。"小蛮女伸出一双肉包子似的小手，指甲也是光泽发亮。

"小孙女，你是个小天使，你哪儿都好看。"

小蛮女继续考察来到自己家里的老太太，瞧瞧这儿，瞧瞧那儿。

"奶奶，你脸上有好多黑斑，我爸爸妈妈的脸上都没有，我的脸上也没有。"

"是呀，我的小一村，奶奶老了呀！"

小蛮女定睛地审视着老太太，说："你脸上有黑斑真丑。"至此，她从昨天以来总算完成了对老太太的全面考察，终于有了自己的结论：

"你又老，又穷，又丑，唉，我可怜的奶奶。"说着，她把那虎头虎脑的脑袋往老太太的怀里一偎，靠在那里一动也不动……

2006年11月

语塞与无语

儿子在美国英年早逝,撇下了他年轻的妻子与幼小的女儿。身后事料理得十分完善,隆重的追悼会开了,部分遗体捐献了,以他的名义在他所毕业的大学里设立了一个永久的奖学金,资助不分国籍的贫寒学子,因为他自己是靠美国奖学金学成创业的……

一、一次越洋电话

后事都一一料理完之后,有一段时间,亲人之间没有像往常一样有越洋电话来往。大家都需要缓解与沉静。在北京的老父亲稍微缓过一口气后,终于拨通了美国儿子家的电话,那远隔重洋的小孙女实在让他牵肠挂肚,他一直担心一个仅四岁多的小女孩在心理上如何承受这次沉痛的打击。

往常,他与小孙女的对话很是简单,他最高兴的是听她用银铃般的童音叫一声"爷爷",接着就是互致问候。他总要夸她的中文讲得好,她就大声地说声"谢谢",然后,就是一两句意思再简单不过的小孩话了。如此简单的交流,就足以使他高兴,使他满足了。

这一次是悲痛事件后第一次与小孙女通话,他想小心翼翼地避开事件本身却又对小孙女能起到一点安慰的作用。他想,也许最能安慰她的是对她说爷爷、奶奶等所有的亲人都特别爱她、疼她,这样可以多少在语言上弥补一点她失去父爱的不幸。他用小孩能懂的最直白的语言对小孙女说:"你是爷爷最疼爱的小孙女,在这个世界上,爷爷最疼爱的人就是你。"

"你最疼爱的是我爸。"小孙女的回答使老祖父心里不禁一揪。他有意识离开悲伤的事远一些,没有想到这个四岁刚出头的小女孩却主动地直触伤痛。她的这一认定是来自她自己的观察?从小远在美国,她实在没有见过几次老祖父与自己父亲相处的情况。是曾经偶尔听她的父亲母亲讲过这个话题?那她的记忆力与人生理解力可就有点使人惊奇了。是她自己为了要讲一句安慰自己那可怜的父亲亡灵的话?怀念他的话?不论怎样,她需要主动地跟电话里的这个老人谈一谈她自己的父亲,因此她主动触及伤痛,或者是因为她仍无法摆脱伤痛的阴影……

她停顿了一下继续说,有些伤感,有些无奈,有些想要自己找到一点慰藉:

"他不在了,我见不着他了,他去了天堂……"

老祖父觉得这是可怜的小孙女在大洋彼岸怀念、追思可怜的父亲,是她在向他这个老人倾诉,是在他面前自己安慰她自己……

话语很简单,但其中的意蕴、内涵、感情以至哲理(虽然她自己并不懂,甚至浑然不知)却像一大股水波向他猛然扑来,使他应接不暇,招架不了,一时语塞,竟不知道如何答话才好,他迟疑了一会,好不容易才答上一句:

"他在天堂里会保佑你……"

这是年已古稀的他,生平第一次用非无神论的语言说话……

二、小孙女的第一封家信

老夫人从美国探亲回京,交给老先生一个纸封,说:"这是小孙女要我带给爷爷的一封信。"

小孙女还很幼稚,不大懂事,竟然给远隔重洋的老祖父写了一封信!这本身就是一个令人激动的亲情之举,要知道,她还只有五岁,此举在疼爱小孙女到了发傻程度的老祖父看来,岂非可与五岁就能作曲的莫扎特媲美?!

但老祖父对小孙女给亲人写信的自主创意多少有点没有

把握。"是你们要他给爷爷写信的吗?"他问。"你们"是指小孙女的奶奶与妈妈。

没有谁要求她写信,她听说奶奶要回北京了,自己事先写好了这封信后交给了奶奶。老夫人所能提供的解释就是如此。

老祖父赶快把手头的事都放在一边,急不可待地想打开纸封看看信里是什么内容。那纸封是用一张稍为厚实点的绛色纸折叠而成的,马马虎虎呈一荷包形,一看就是一双笨拙小手折出来的。可是,要打开它可很不容易,折叠处贴了胶条,胶条也是胡乱剪切出来的,很不整齐,粘得更是歪歪斜斜,操作的那双小手显然是生平第一次做这样的手工活,但在折叠处的下方却用另一种颜色的笔署了一个名字"EMMA",字母大大的,清晰突出,特别醒目,那是发信者的英文芳名。

老祖父唯恐把纸封撕坏,只能细心地去拆除那封口的胶条,但它偏偏粘得特别严实,愈难拆开,老祖父好奇心愈加急切:"粘这么牢,小丫头写了些什么?""谁也不知道她写了些什么,她没有告诉我们。"老夫人解释说。老祖父不知道小孙女的葫芦里究竟是什么药,面对难拆的信封不禁陡生感慨:"小小美国公民,年方五岁,就这么讲究个人信件的保密性。真是两种文化的差异!"他庆幸自己还算有足够的理解力理解美国小孙女迥异于中国小女童的行为方式。

他终于把胶条拆除，打开了纸封，里面果然有一张小纸片，看来，这便是小孙女给老祖父的重要信函了。然而没有想到的是，小纸片又是折叠着并用胶条粘贴在绛色的封纸上，虽然又是歪歪斜斜的，但可以看得出来，那位五岁的发信者是极其郑重其事的，老祖父只得又耐心拆胶条……

最后，终于大功告成，老祖父打开了折叠着的那个小纸片，那上面有拙拙的笔迹，写着这样一句英文：WE LOVE GOD。而且，取下那张纸片，发现那张绛色封纸的内面，也写着同样的这句话，这就是小孙女给老祖父的家信的全部内容。

老祖父本来猜测这封信是小孙女玩的捉迷藏的游戏，没有想到它具有如此郑重的、严肃的内容，表达了这样一种诚纯的信仰情思，它一时把老祖父又震撼得半天也平静不下来：儿子去世后不久，他就听说儿媳与小孙女皈依了耶稣基督，眼前这封很特别的信函，正是悲痛事件后母女特定精神历程的一个投影，它清楚地显示出这个精神历程是深沉的，而且似乎将是悠悠的，无尽期的……

这也许是对老祖父的一个告知，告知母女二人的圣洁尊崇；这也许是对老祖父的一种邀约，邀约来参与这虔诚的尊奉；这也许是在表达整个家庭一种共同的信仰之情，既然她自己有,她相信疼爱她的亲人也都会有……所有这些意味,在她的小脑袋里一定是一片朦胧、一片混沌,是她的老祖父自己辨析出来的……

老祖父把信函的内容告诉老伴,老太太也没有想到是这么一句话。这帮助了她回忆起在美国所见到的小孙女的生活:在其母的带领下,她养成了一些宗教习惯,饭前祷告即为其中之一:对着桌上食物,她两只胖乎乎的小手合掌,眼睛认真地闭上,嘴里念念有词:"感谢上帝赐给我丰富的食物",遇上她童心轻快的时候,还补充一句"正好我现在饿了",有时也加上为亲人的祈祷,如"求上帝保佑我在中国的爷爷不生病"等等。

老唯物主义者闻此讯后,久久难以平静,不仅因为大洋彼岸有一个天真幼稚的小天使经常为他祈祷而深受感动,而且,也为小孙女与她母亲对耶稣基督的归依与信奉而深思:他读过加缪,深知人生如西西弗斯推石上山,本来就具有一种永恒的悲怆性,如果推石者仅达半山腰,巨石就会意外滚砸而下。有此灾难之后,感同身受者对命运的不可预测,除了祈求上苍的保佑外,还可向谁去祈求呢?

写于儿子一周年忌日之际

送 行
——我们的另一个小孙女晶晶

这一天是晶晶动身去美国上大学的一天,对于她与她的民工父母,对于作为她的养育者、监护人的朱虹与我,都是一个值得纪念的喜庆日子。

对于她与她的父母来说,这有点像一个"灰姑娘"的故事。她的北上打工的父母在北京有了她,正遇见了自己的儿孙都不在身边的老知识分子夫妇,于是,她自然就成为了这个"书香门第"的小孙女,"养育"的对象、"监护"的对象,成为老夫妇的专项"希望工程"。她先后在北京两所重点中学念完了初中与高中,成绩优良,特别是英文,得朱虹之真传,听、说、读、写四种能力均甚为出色。但她无法改变外地民工孩子的身份,在北京没有资格参加高考,回原籍去考又另有一些困难,眼见前途艰难,只好另谋出路。于是,在老奶奶朱虹的指点与辅导之下,向一连串美国大学递交了入学申请。她既要完成重点高中沉重的学习任务,又要应付美国大学安排的种种考察与面试，在两条战线上进行艰苦的拼搏，往往一天只睡四五个小时。经过将近一年的奋斗，她总算拿出了相当漂亮的中学成绩单，又以出色的英语能力在各种应试（托福、SAT、面试等等）中表现得可圈可点，终于得到了波士顿大学等四所美国大学的录取，其中有两所向她承诺提供了奖学金。她选择了奖学金较多的一所，因为爷爷奶奶是在以待遇清寒著称的"翰林院"任职，退休金非常有限……不论怎样，她毕竟得到了一条出路：到美国东部一个风景优美的城市上一所条件优越的大学。

对于这对老夫妇而言，这一天则包含着五味杂陈的人生体验。

首先，这一天是他们作为普通人"幼吾幼以及人之幼"之情17年以来日积月累的结果。从这个女婴诞生在他们家的第一天起，她不哭不闹、文文静静的性情，不流口水、不流鼻涕，干干净净、清清爽爽的小模样就深得老夫妇的怜爱，他们从内心里把她当作了自己的小孙女。童年时代，她围着奶奶的座椅转来转去，嬉戏撒娇，听奶奶讲故事，跟奶奶学讲英文。跟爷爷则学背诵唐诗，她常爬上爷爷的书桌，顽皮地抢走他的钢笔，或者爬上他的膝盖，抓走他的眼镜，还老跟爷爷玩一种填字应答游戏，爷爷讲一句疼爱的话，最后一个字由她来应答补全，如：晶晶是爷爷家的小孙（女）、晶晶是爷爷家的小山（羊）、晶晶是爷爷家的小宝（贝）、晶晶是爷爷家的小皮（猴）、晶晶是爷爷家的小馋（猫）、晶晶是爷爷家的小娇（包）、晶晶是爷爷家的小粘（陀）等等。她的童年的每一天都是在爷爷奶奶亲近的关爱中度过的，自己的儿孙都不在身边的"空巢"老人，则是在这个毫无血缘关系的异性孙女所构成的"准天伦之乐"中度过了一些温馨的时光……

这一天对于老知识分子夫妇也是多年的心愿初步实现的一天，这个心愿说来简单，那就是要使得这个"民工子女"能受到良好的教育，有个好于自己父母的人生出路。老爷子记得早在她童年时代，携着她的小手在人行道上散步时，就经常憧憬着在自己有生之年里能出现这样一个愿景画面：亲自带着行李送这个小孙女走进北京一所高等院校的大门，行李中还有一个用网袋装着的洗脸盆与漱口杯以及牙膏，那完全是按他自己上北大时的行李模式想象出来的……老两口深知他们这个心愿虽然很朴素，但要实现起来却"难如上青天"，关键就在于她这个民工之女没有"北京身份"。老太太情急生智、挖空心思，想出了一个正式收养她为小孙女的"捷径"。两个于政法无门的书呆子，自以为是人文关怀的善举，居然以傻乎乎的执著劲投入了运作程序：打报告、写申请、开证明、托人情、找法律界人士、向民政部门求情，真是做到了"求爷爷告奶奶"！全情投入、忙乎了大半年，最后却无果而终、碰壁而归……剩下来的，老两口只有努力尽其所能在小孙女的优质教育上下工夫了，先后设法让她进入了两所重点中学，这谈何容易！要把一个没有京城户口的民工子女送入北京本地孩子趋之若鹜的名校，除了她本人的成绩过硬外，更需要老两口跑腿、找门路以及干各种费神费劲费口舌的活，当然，还绕不开众所周知、约定俗成的赞助费……老两口固执地下定决心要跟小孙女的"民工子弟"命运较劲。接下来，又开始了小孙女的英语培训工程，奶奶给她买了大量的英文光盘，让她十次百次地反复看与听，并且祖孙二人之间一直坚持以英文交谈对话，不论是在商店还是在公共汽车上，因此，她的英文成绩一直名列前茅……也许，早在这个过程启动之初，老太太就有把小孙女送出国的心愿，因为她毕竟曾经成功地把自己的一个女儿与一个儿子送进了美国的名校……

就这样，老两口从将近古稀之年的时候起，就开始了跟小孙女民工子弟命运较劲的马拉松长跑。老太太更是辛苦，她为此跑跑颠颠得更多，为了规划小孙女的出国道路，为了给她的英语开小灶，为了指导她的出国申请以及应试，而往往带着小丫头一道工作到深夜或凌晨……

这是一家人十几年努力的结果，是"这个专项希望工程的一个阶段性成果"，是每个相关者在生活中所得到的回报。虽然前方的路还很长，还需要做出很大的努力，也许还要付出更多……因为孩子毕竟是去异国他乡上学，而支持者毕竟是一个清寒的人文知识分子家庭……不论怎样，小丫头动身出国的日子，仍然是这个非血缘亲属关系的一家人的欢乐节日，大家都期盼着这一天的到来，都为迎接这一天提前做各种准备，就像小孩子准备着过新年那样郑重其事，面面俱到，高高兴兴，欢欢喜喜，满怀喜悦兴奋之情……

其一，老知识分子夫妇多年没有机会合影，为了这一天的来到，他们与小孙女郑重其事地在家里合影一张，小孙女胸前挂着爷爷奶奶送给她的翡翠平安扣，坐在沙发上，老夫妇则换上了"出客"的"盛装"分别坐在她的两旁，如像烘托着一个小月亮。对于这张合影，柳老头做出这样的评语："这对我们祖孙仨都是人生的一个标志！"

其二，晶晶的民工父母，多年来难得照一次相，这次也换上了他们的"礼服"与晶晶合影了好几张，作为他们一生中难得的纪念。

作者与小孙女晶晶

其三，为了"不忘本"，晶晶一个人专程回了一趟她自己的安徽老家，去向乡下的姥姥、大姨以及一些亲戚长辈拜别辞行，并在那里深入地生活劳动了几天，亲身体验一下自己家乡农村的生活。

其四，爷爷奶奶为了答谢曾经关怀过他们这一"希望工程"的在京亲友，也为了给小孙女饯行，先后在全聚德与食唐餐馆设了两次"家宴"，这是他们生平唯一一次"大宴"亲朋好友，赏光出席的有爷爷奶奶的至亲邓若曾、蔡希秦一家，蔡希亮一家，以及多年的老同事如罗新璋、叶廷芳、谭立德、郑恩波、郑土生、张晓强等。

其五，临行前几天，晶晶在父母的带领下，又去向在京的民工亲戚（舅舅、姑父以及一些叔伯兄弟姐妹）一一辞行，他们在京多年，总算靠勤劳的劳动与顽强的奋斗精神在京城获得了自己的温饱，但他们的子女由于没有条件获得教育，也都像自己打工的父母一样走上卖力气的艰途。他们听说晶晶考取了美国大学，很是欢欣，说："咱们家出了一只凤凰。"早就送上了红包表示祝贺，对于他们每个月微薄的工钱而言，这些红包是相当厚重的……

到了动身出发的那天，爷爷早就租定了一辆往返机场的专车。小凤凰要飞了，不满18岁的她穿一件玫瑰红的Snoopy T恤，一条牛仔裤，更显身材高挑。长发垂肩，清秀的脸上架着一副精巧的淡蓝色眼镜，阳光而帅气。不在话下，全家出动，遗憾的只缺了美国求学之路的总导演老奶奶，她解决了这个小孙女上学与出国的各种手续后，又风尘仆仆赶到上海自己的女儿家去为三个混血儿外孙女补习与督学，她们正处于中小学教育的重要时刻，而她们的母亲又因为工作而长期出差在外，好在她老人家把晶晶动身的大大小小的事务都事先安排好了，包括着装配备与路费花销……何况，翅膀已经初长硬的小凤凰并不特别看重全家到机场送行这个场面，她说："你们用不着送我去机场，我一个人在路上可以思考问题！"口气不小！小丫头已经人模人样、特立独行了！但对于老爷爷来说，送行一举是多年来所期盼的，实带有某种仪式的意义，即便身体不好，也是决不能免掉的。

在去机场的路上，大家的话语不多，小凤凰不是要自己静一静、思考思考吗？长辈惜别的话、叮嘱的话早已说过多少次了,再说,岂不啰嗦?

首都机场的新航站楼,气魄可称"宏伟"二字。其大厅阔大无边,人流熙攘,老先生近年深居简出,很少乘机出行,这是第一次来到新航站楼,颇为其气势所震撼,他觉得这里有点像个巨大的迷宫,颇有不知何去何从之感。晶晶的民工父母更没有坐飞机的经验。幸亏晶晶乃"识途老马",她参加SAT考试、办签证已在北京与香港、上海之间飞了好几个来回,早已是轻车熟路了,她很快就找到了美国联合航空公司的办理处,很快就把登机手续办完了。

爷爷与父母都以为在长达一两个小时的候机时间里,可以再和小丫头在一起呆上若干温馨的时刻,可是,小丫头却催促他们打道回府了,理由是"我想一个人在机场里转一转"。显然,长辈们想尽可能延长与小丫头待在一起的时间,而小丫头却急于品尝自己一个人潇洒上路的乐趣,就像羽翼已丰的小鸟急不可待地要展翅单飞。两方面的愿望都很强烈,都很执著。结果,小丫头总算尊重长辈的愿望,通情达理又多待了一会,但结果仍是按不下急性子,决定提前入关。

入关口的那头,是一条阔大漫长的通道,起先逐渐隆起,在远处则缓缓下倾,直至消失在视线之外,从入关口看去,远远就像一条地平线。但见小丫头俊秀的身姿,背着行囊，飘着长发，直奔前方，没有回头，没有挥手，更没有喊话，逐渐消失在那地平线之下，那里肯定是一个电动转梯把入关者输送到下方的候机室里去了……

在回家的路上，晶晶的民工父亲说了一句："小丫头连头都没有回"，似乎不无感慨。老爷子当然早就注意到了小丫头的这个细节，他心里却有自己的解释：她肯定是专注于自己脚下的路面上，专注于眼前那个倾斜的地平线上，开始沉醉于自己单飞独行的最初感觉里，她是在开步走自己的路，一开始就把前方每一步路视为新鲜而非畏途，只顾得上往前走、往前走，不流连于告别的感伤，这对于作为90后的她来说是有益的……

出租车把老头子送回了家，他塞给司机朋友一个整数，说："请你千万不要跟我客气，因为今天是我们全家大喜的日子！"

2009年9月

忆"小霸王"

前不久,从晚报上看到一则消息:有十几万只猫流落北京街头,无家可归,盖因搬迁户太多,将喂养的家猫弃之不顾也。这消息引起了我对"小霸王"的回忆。

最近,又从电视中看到,在北京举办了一次猫展,珍品猫、纯种猫、波斯猫、无毛猫……纷纷亮相,形形色色,千姿百态。但我一览之下,竟觉得似乎没有一只像"小霸王"那么可爱。

那是很久以前我念小学时的事了,家里抱养来一只小猫,与我们家三兄弟一样,也是个"少年男孩"。它长得很好,漂亮得近乎高贵,一身洁白之中,点缀着几朵淡淡的橙黄,显得格外明净雅致。使人感到惊奇的是,虽然它到处乱钻,可就总没有污了它那一身白毛,就像一个干净利落的小青年,总不会弄脏自己整洁漂亮的衣服。它身手特别敏捷灵活,动作矫健优美,小脸虎里虎气,圆圆的下巴带俏而不尖,一尖就会像狐狸那样显得奸诈了。它一对圆圆的大眼,从来都炯炯有神，流露出好奇、顽皮的神情。它的额头上有一块像小花瓣一般的淡黄，好像布老虎额上的那个"王"字。对此，我们都说："这小家伙真还有点像个'王'。"不过它那"王"字并不完全居中，稍稍偏斜，略带幽默意味。它稀疏的胡子恣意向两边别开，使它那稚气十足的脸显得有点滑稽。

"小霸王"很顽皮，它精力极其充沛，像有使不完的劲，总在屋里屋外疯跑，进行"实战演习"。也许是从我们小孩身上也嗅出了顽性，总喜欢在我们脚前脚后扑来扑去，像是在把我们的鞋子虚拟成老鼠。如果我们用手假装某种小动物在门边或桌边忽隐忽现，那它就格外兴奋，煞有介事地如临大敌，先是藏在一个角落，然后猛地蹿出来直扑你的手，说时迟那时快，它就一口把你的手咬住了！别紧张，它咬得那样轻，那样细心，那样有分寸，那样满含着温情，只能说，它的牙齿，不过是在你的手上极轻微地触了一下。你不是在逗它吗？它也在逗你呢！

这种游戏总还是有点叫人担心，不能多玩。我们一不跟"小霸王"玩了，它有时实在闲极无聊，就把自己的尾巴当做捕捉游戏的对象。我想，在它的视角之内，那根尾巴大概要算世界上最灵动飞舞、倏忽即逝的东西了。"小霸王"想要捕捉它的意志与能力有多大，它难以捉摸、迅速逃脱的意志与能力就有多大，它如同客观事实一样千真万确，但又如飘忽幻影一般不可触及，"小霸王"使尽浑身解数，突然反扑、迅猛异常，但从未碰过一次，该死的尾巴！

我们哥仨见它对捕捉游戏如此着迷，就想出一个法子来叫大家都开心，在它尾巴上缚一根线，线的末端系一个小纸团……好小子，老鬼鬼祟祟跟在老子后头，还故意绊绊老子的腿，甚至张狂之极，竟在老子的后面颈脖上故意拂弄一下，看老子怎么收拾你！……于是，但见"小霸王"忽地一坐，猛然往后反扑，全身曲转得像个软弱的"面团"，瞬间又纵身一蹦，就像猎豹腾空捕食般矫健，但那根线不长不短，刚够它碰上小线团，却又叫它抓不住，于是，它又得重来，有时，它就地打滚，有时猫身盘旋，有时迅速后扑，有时猛然转身……如此如此，没完没了。它乐此不疲，玩兴极高，我们哥仨在旁边就像看好戏似的，观赏它那矫健、迅速、灵活但又捕抓不着的无奈之态以及那稚气脸上天真的表情、一本正经的专注以及炯炯有神的英气。我们不断为它喝彩叫好，"小霸王"更加兴高采烈，这四个小子往往这么一玩就是一两个钟头，在我们贫困、没有任何文娱活动的童年生活里，这就是最欢乐的时光了。

那时，我家住在重庆，是逃难逃到那里的，家境贫寒，在一个半荒弃的斜坡上搭了一间木板房，算是全家的栖身之处。四川的耗子是有名的，数量多，个头大，有一些比"小霸王"有过之而无不及。在没有"小霸王"的时候，这些硕鼠经常在我家悬空的地板之下来来往往，旁若无人。自从来了"小霸王"，那些东西都渐渐消失，夜里再也听不到咬啮器物的声音了。母亲把这一切都归功于"小霸王"，她说，"这小家伙很管用，它有威，镇得住！"由此，我们三兄弟就给它取了"小霸王"这个绰号，在开始迷醉武侠小说的男孩心里，这要算一个最英姿勃发、最天下无敌的名字了。

"小霸王"还有一绝：喜欢在主人面前搞猫玩老鼠的把戏。不止一次，它把老鼠叼到主人的脚下，放在屋子中央，自己就坐在旁边，它平静而友好地盯着自己的猎物，一脸悲悯的神情，只偶尔用它毛茸茸软绵绵的脚趾，而不是用它的利爪去拨弄一下，似乎想把对方逗起来再跟自己玩一局，但老鼠已经吓得半死，躺在地上像一摊泥。于是，"小霸王"就离得远远的，躲在一个角落，老鼠一见有生机，就慢慢爬动起来，正要逃跑时，"小霸王"迅猛异常地扑了出来，又用利爪将猎物捕住。

它还有一个很有教养的习惯，它从不在主人面前"大口吃肉"，它总把猎物拖到隐秘的角落去处置。而当它完成了"弱肉强食"的野蛮之举后，又回到主人的跟前，坐在那里细致入微、慢条斯理地舔爪子、洗脸，充分展示它"文明化"的风度。

抗战胜利之后，逃难到重庆来的人又纷纷回原籍去了，父亲为了一家生计急于赶回下江。长江航运爆满，我家又穷，买不到轮船票，父亲到处求爷爷告奶奶，好不容易弄到了一家五口的木船票，那种木船要由轮船拖拉，过三峡是很有风险的，因此，只允许乘客带简单的行李。看来，只得把"小霸王"扔在重庆了。果然，木船在三峡就破了，好不容易被拖到宜昌，刚一靠岸，船就开始下沉，乘客都仓皇逃命。幸亏没有带上"小霸王"。

动身前的几天，大家忙于收拾行装，气氛跟平日颇不一样，"小霸王"也许感到了一点什么，就不太往外跑了，老是在我们兄弟的脚边蹭来蹭去。我家的主要行装是一只大网篮，其实就是一个大竹筐，上面有一个编织的绳网，算是筐盖吧，父母亲把必须带走的衣物都往那里面放。我们发现，从这天起，"小霸王"就不睡在自己那个窝里，那是放在墙角的一个小纸箱，而老是跑到那个网篮里呆着，它静静地躺在那里，你靠近时，它显得特温顺，眯一眯眼睛，轻轻地"喵"一两声，有时还从喉咙里发出向人表示亲热的呼噜声。母亲向它喝道："小畜生，这不是你待的地方！"但她很快就感觉到了"小霸王"反常的习惯，叹道："小畜生通人性，它想跟我们一道走。"说得大家都心酸，一致同意一定要给它找一个厚道人家。我们动身的前一天，父亲就把它送往一两里外的一个熟人家去了。不料，动身的那天早晨，我发现网篮上有毛茸茸的一团："小霸王"又跑回来了，它正温驯地瞧着我们。

全家人急着赶到码头去上船，顾不得许多，父亲连忙把"小霸王"逮住，塞到斜坡下一个邻居家，只求他们用绳子把"小霸王"拴住。我们全家离去时，从斜坡下邻居的家里传来"小霸王"一声声凄厉的叫唤……

从那以后，我从来没有忘记过"小霸王"，它是我童年记忆中的一部分。这次看到晚报上的消息后又想起它来，只不过是最近的一次怀念。

小猫小狗我都很喜欢，但我再也没有喂养过。我总觉得，一旦结下一段"缘分"，迟早总会有个"终结"，人生之中，大大小小的"生离死别"已经不少了，有心者往往不胜其累，有时甚至难以承受其"轻"，还是多一次不如少一次吧。

2003年2月3日

巴黎圣母院：历史的见证

一

在巴黎的时候，我不止一次地这样度过我的一天：先是在圣米歇尔广场上的吉贝尔书店的三层楼里流连大半个上午；然后，沿塞纳河而行，在河岸旁的一家餐馆里吃一顿午饭；饭后，漫步在河畔一个接着一个的旧书摊前，这里琳琅满目的旧书和画片，总叫人情不自禁要为它们破费；结果，我总是提着旧书商给我的塑料包，跨过塞纳河桥，来到与旧书摊隔河相望的"巴黎圣母院"①。

巴黎十月的阳光还使人有点燥热，我总在圣母院前的广场左侧树阴下找一张椅子坐下休息，慢慢呷完一小罐橘子汁，仔细审视巴黎圣母院这奇妙的建筑物，观看广场上的情景，思绪随着这一切漫无目的地飘荡。我觉得，此时此地此种方式，似乎最适合体味巴黎的古意。

---

① 准确的译名应为"巴黎圣母堂"，此处沿用流行的译名。

如果说吉贝尔书店和旧书摊展现出了法兰西文化源远流长的图景的话，那么，眼前这幢建筑本身就是法兰西历史的实物，甚至可以说，就是法兰西历史的象征。

请你不要相信《巴黎四日游》之类导游书和百科全书之类工具书上的彩色照片，也请你不要相信那美丽的明信片，巴黎圣母院的色彩实际上远不如它们所表现的那样鲜艳、光亮。它起初一定光辉夺目，用乳黄色的砖石砌成，衬映着绿色的树丛，该是一幅多么美的图画！可是，在它身旁的塞纳河水不断流走了历史的过程里，它那身衣袍也褪了颜色，时间、风雨、灰尘……又在原来的乳黄色之上蒙上了一层灰黑，于是，我所看到的是：它又旧又暗地站在那里，像一个满脸积垢的老人在为时间作证。

的确是古老的象征，它奠基于法兰西最古老的土地——法兰西岛。这是塞纳河上的一个岛屿，最初的巴黎就是起源于此，因此，此岛又被称为"城区"。塞纳河原是围绕这"城区"的"第一道城壕"，塞纳河的堤岸就是它的"第一道城墙"。巴黎圣母院位于这个岛的后端，从鸟瞰图上可以看到，法兰西岛的尾巴伸在塞纳河里，微向右偏，就像一只大船歪斜的后舵。

20个世纪以来，巴黎圣母院的这块地方就是人们向神祈求祷告的场所，这似乎是法兰西一块永恒的圣地，人们就在这里寄托自己的信仰，向神提出自己的请求，在神的面前寻求灵魂的平静，虽然神的名字、神的形象以及神的箴言，由于人世的变化，在这里也经历了"沧海桑田"。

古代法兰西这块土地，原称高卢，直到公元2世纪末奴隶制的罗马帝国入侵，它还处于氏族公社解体的阶段，在此之前的法兰西岛，也许还是一个荒芜不毛、人迹不到的地方，这块土地的"灵性"，还沉睡在初开的混沌里。

罗马人带来了奴隶制也带来了他们的多神教。从公元前1世纪古法兰西大地上开始有了奴隶制文化起，最早的巴黎人就开始在圣母院这块地方向"全能的""至高无上的""众神之父和万人之王"朱庇特供献祭品。他们在这里请示过阿波罗的神谕，他们在这里祈求过司农神沙特恩赐给丰收，他们每当新年开始的那天就向代表着"善始善终"的雅努斯祷告，以求获得好运。

从公元4世纪基督教成为罗马帝国的国教时起，古老的巴黎人在这里膜拜的对象有了变化，上帝、耶稣基督取代了朱庇特。人们在这里祈祷，在这里仰望着缥缈的天堂，在这里怀着对地狱的恐惧表示忏悔。

早先，这里也许只是一块并无任何建筑或陈设的圣地，

巴黎圣母院远景

也许曾经有过简单地用几块石头砌起的祭坛，也许曾经有过小小的神庙，也许有人曾在这里竖起了最早一个耶稣受难的十字架。可以确定的是，从8世纪起，这里总算有了两个供奉圣母玛利亚与圣安德勒的教堂；直到公元1163年，现存的巴黎圣母院这一座庞大的建筑，才开始在这里奠定了自己的第一块基石。

它的建成，首先应该归功于那些来自民间的人物。莫里斯·德·絮利，他是一个穷苦的伐木女工的儿子，1159年被任命为巴黎教堂的司铎，次年又被任命为巴黎主教，任职达36年之久，是他，决定要在法国的京城修建一座奇美的教堂。其次，应该称颂让·德·谢尔与皮埃尔·德·蒙特叶这两位建筑师的杰出才能，他们绘制了蓝图并领导了第一期的工程。还不要忘记了巴黎的石匠、铁匠、细木工、雕刻师、玻璃工以及千百劳动者，他们以极大的热情投入了巴黎圣母院的建筑。圣母院于1345年最后完成了原定的设计方案，基本落成，整个工程历时近200年之久。

这个带着神性的殿堂，这个散发着来世和彼岸世界气息的处所，只不过是人类的作品，是社会历史的产物；而反过来，它又是人类历史的见证者。早在全部竣工之前，它就成了法国宗教、政治和民众生活中重大事件和典礼仪式搬演的场所：

1248年，法王路易第九扬起十字军的旌旗，从这里出发进攻埃及，这是西欧封建主对中东的第七次十字军掠夺，巴黎圣母院当能看见这位以"德行""廉洁"著称而被称为"圣路易"的国王的贪婪与凶恶。

1302年，菲力普第四为了谋求全国一致对抗教皇，在这里召集了有市民参加的"总议会"，这实际上是法国历史上有记录可查的第一次三级会议，它标志着资产阶级市民进入了政治生活。

1430年，这时的巴黎圣母院已经最后落成，蔚为壮观，但法国却在"百年战争"中节节失利，整个北部已被英军占领，巴黎在英国人手里已经15年了。英国国王、刚满10个月的婴儿亨利第六被宣布为法王的加冕典礼在巴黎圣母院举行，圣母院第一次蒙受了法兰西民族的屈辱。

1455年，"百年战争"中的民族女英雄贞德的昭雪仪式在这里举行，这时，"百年战争"已在两年前以法国的胜利而结束。农家女贞德曾在对英作战中立下了不朽的功勋，落在英军手里后被交付教会法庭审判，最后被诬为"女巫"，在卢昂广场受火刑而死。巴黎圣母院里的昭雪仪式，终于洗刷了法兰西民族的耻辱。

1594年，亨利第四在沙脱尔教堂举行加冕典礼后进入巴黎，成为法国国王，来到巴黎圣母院感恩，他总算结束了历时数十年的宗教战争，重振王权，为以后封建王朝的鼎盛打下了一个基础。

1654年6月，路易十四加冕大典在这里隆重举行，巴黎圣母院看到一个"太阳王的朝代"即将开始，在这个时期，封建专制王朝将发展到历史上空前绝后的顶峰。

1774年，巴黎圣母院又举行路易十六的加冕典礼，圣母并没有祝福这位国王，15年后，法国发生了资产阶级革命，19年后，他在革命高潮中被推上了断头台。

1789年7月15日，国民议会和巴黎市政府来到巴黎圣母院欢庆前一天巴黎民众攻陷巴士底狱，这象征着封建专制政体被彻底推翻，一个新的资产阶级统治时期的来到。

1804年12月2日，拿破仑在这里加冕称帝，其典礼之豪华、规模之巨大皆前所未有，巴黎圣母院看到了那著名的惊人的一幕：拿破仑不是像历代国王一样让教皇加冕，而是自己用手把冠冕拿过来戴在头上……

1918年，巴黎人在这里为第一次世界大战对德国的胜利而向圣母感恩。

1945年，巴黎人在这里欢庆粉碎了法西斯德国的胜利。

1970年和1974年相继在这里举行了戴高乐将军、蓬皮杜总统的追思弥撒……

有史以来,在这里举行过的仪式、典礼远远不止这些。巴黎圣母院亲眼见证了法兰西几乎全部历史的发展,它的台阶上印着漫长的9个世纪历史发展的足迹,它的祭坛上记录了法兰西历史的"要目",甚至详尽的篇章。

当然,还有"爱斯梅哈尔达"与"敲钟人加西莫多"的历史,只不过,那是雨果的艺术构思,巴黎圣母院并没有见过这一出中世纪的悲剧。然而,这悲剧故事是写得那么动人,以至来这里的游客都不情自禁地想寻找哪里是爱斯梅哈尔达婆娑起舞的地方,哪里是加西莫多劫法场的处所,哪里是克罗德·孚罗洛被推下钟楼的方位,人们往往沉浸在对《巴黎圣母院》小说故事的遐想里,而忘记了在这里曾一一搬演的真实历史的场面。

二

现在是1981的秋天,我在巴黎圣母院倒的确没有看到任何有历史意义的场景,我所看到的,是像塞纳河水一样平静地流着的日常生活。有时我来的时候,是阳光和煦的下午,圣母院前的广场上满是人群,一队穿着黄色制服衬衫的学生,在老师带领下坐在草坪上休息,不时响起了他们的小号与小鼓声，他们是从外地到首都来参观游览的。有时是热闹的假日，一所小学校的学生，在圣母院前搭起了一个大台，在上面演出查理第九时代宫廷中的阴谋和斗争的史剧。木台上支着一个十字架，上面挂着一个圣像，这就算是全部的布景。小演员并没有化装，只是象征性地穿着中世纪式样的服装，表演的动作也很幼稚，甚至可笑，但却招引了大群的旅游者和参观者，密密集集围着木台，观看他们的演出。有时我来这里是雨后冷清的时分，鸽子在广场上、在周围的人行道上蹒跚；带着老式玻璃罩的19世纪式样的路灯旁，不时有游览者把照相机对着圣母院的正面截取不同的镜头。但不论是哪一次来，我都要走到圣母院的面前，然后再进到里面去，为了仔细欣赏那著名的"石头的交响乐"，这次着重欣赏这一"乐章"，那次着重体味那一"旋律"……

"石头的交响乐"，这是雨果形容巴黎圣母院的名言。它那千万块砖石，每一块都像一个音符，不仅组成题旨不同但和谐一体的几个大的"乐章"，而且还组成了千百段优美的"旋律"，还有无数奇妙的音调变奏。任何一个画家都没有那样的才能，也没有那样的勇气，以简单的线条去勾画巴黎圣母院的形象，它整体的各个方面是那么具有不同的风韵，它的细部又是那么繁复有致，简单的线条生怕砍杀了它的丰富和细腻。它是欧洲哥特式建筑的最完美的典型，庄严的仪态，富于变化的结构，华丽的外表，高远宁静的姿态，神秘虚渺的神情，写实如生的装饰，它哪样不有？

它不像另外两个著名的哥特式的建筑——德国的"科伦教堂"与法国的"兰斯教堂"那样，正面就是刺向天空的尖端结构，或者在自己立方形的上端带着雨后春笋般的尖顶。它的正面是立方形，棱角分明，使它显得格外庄严。当然，如果这正面只是一个立方形的平面，那你就会感到有些刻板，可是，这平面上却充满丰富多彩的变化。最底层是并排的三个像桃子一样的门洞，门洞的弧形是由平行的几长串浮雕所组成的，每一串浮雕或表现《圣经》中不同的故事，或表现地狱中种种的景象。所有这些雕刻，线条细致逼真，形象栩栩如生，它们在圣母院建筑的正面上，构成了三组现实主义雕刻艺术的珍品。在这三个门洞之上，是一长条壁龛，就像圣母院门面上的横额，其中排列着28位耶稣基督的先祖、穿着绣花衣袍的帝王。从这横额往上看，那是圣母院正面建筑的中间一层，而在两个门洞之间，则是一个比门洞更大的圆形和花窗，它宛如一大朵团花开在圣母院门面的中心。再往上看，则是一排雕花的石柱，支撑着另一层阳台，阳台的石栏杆上，每隔一段距离，就有一个石雕的怪物，体积大致与人相同，头上有角，背上有翅，面目怪异，用手肘支着石栏杆，向下俯视着巴黎城的动静，它们的形貌和神情，不像天使那么圣洁，但又比妖魔善良。据雨果的描写，加西莫多就是在这一层往下倒铅水，对付攻打圣母院的乞丐军的。在这一层楼台上，两旁耸立着两座巨大的钟楼，其中的一个就悬着加西莫多敲打的那口大钟——玛丽。

圣母院正面建筑的背后，隐藏着一个长方形的大教堂，教堂的正殿比两旁的附属结构要高出许多，像是鲸鱼露在海面的大背脊。在它的后半部，一座尖塔从屋脊兀立高耸，巍峨入云，它有90米之高。其实，这90米，塔只占了不到一半，塔上是足有几十米的菱形的尖顶，它上面有着对称的枒次，像一柄长着利刺的长剑，而其顶端，就是一个细长的十字架，看上去几乎与云端相接，似乎教堂里那些圣歌圣诗悠扬的乐声、那些喃喃的祈祷声，就是从这里"通向天堂"的。往下看，从教堂正殿两侧的屋檐下，伸出一排凌空的扶壁，与比正殿低矮的附属结构相连，它们既像是桥梁，又像是从正殿喷射出来的一股股泉水倾泻在附属结构的屋顶上。两侧的附属结构并不低矮，墙上雕刻着精美的花纹与图案，一些高大的圣者贴壁而立，就像站在空中俯视着圣母院右边的街道与左边的塞纳河。正殿的末尾是一座圆堡式的建筑，它的屋顶像一片覆盖着的圆形的荷叶,而朝天的那支茎上,又插着一枝美丽的花朵。圆堡的四周都有扶壁凌空射下,远看去,仿佛圣母院背后披着一绺一绺垂地的轻纱。

如果说圣母院的正面是庄严华贵,它的侧面和尾部是精巧俏丽的话,那么,它的里面则是肃穆与神秘了。中间是一个狭长的厅堂,容纳了上千张木制的坐椅。厅堂前面是一个宽大的祭坛,祭坛的中央供着天使与圣女围绕着殉难后的耶稣的大理石雕塑,而在厅堂的尽头则是一个巨大的圆形天窗。整个狭长的厅堂给人以幽深之感,以至从那远处状如花朵的大天窗透过来的日光,似乎就是渺远的天国。而厅堂的穹顶是一道道优美的抛物线,它们构成了像天空一样的高高的穹窿。厅堂的两旁是圆形的石柱,圆柱的外侧是相当宽阔的走道,再靠外侧,有一些小小的房间,有的是神父听忏悔的地方,有的是神父指点迷津的场所。过道旁边有些圣徒和天使的塑像,还有《圣经》故事的浮雕。整个教堂内,基调是深灰色的,光线暗淡,每一块砖石都显示出自己古老的年龄,都在诉说落后、愚昧、黑暗的中世纪的历史。我感到这里的氛围既有些神秘,又有些老朽,你到了这里面,似乎就有一种无形的东西罩住了你的身心,使你的思想不那么自由自在,你的生机不那么跃动。我不太喜欢巴黎圣母院的内部,虽然我不止一次进去参观游览，但它整个的气氛总未能使我在这里面久留。

我还是喜欢待在巴黎圣母院的外面，我宁愿拿着一本说明书，到巴黎圣母院左侧的那个长条形的公园里去读，同时欣赏它美丽的侧影。这里有树阴，有草坪，草坪上有修剪成圆锥形的柏树。鸽群在这里飞翔，不时落在坐椅前游人的脚旁，分享他们落在地上的面包屑，你即使恶作剧地用脚使劲一顿，它们也不会惊恐地飞走，它们早就习惯了与人相处，似乎有把握自己决不会遭到伤害……公园外沿的堤岸上挂着一丛丛碧绿的藤叶，在微风的吹拂下，就像是堤岸身上随风飘动的绿色披肩。你来到堤岸前，塞纳河就在你脚下喃喃细语，你的眼光顺着柔波而下，可以看到远处河上一座又一座漂亮的拱桥，它们在那里召唤你去欣赏巴黎的另一番风光……

我也宁愿出了圣母院往右转弯，来到它旁边那条阿尔戈尔横街，这里有好些家小店铺专门出卖巴黎的纪念品，有巴黎每一个名胜的彩色图片，有各种带着巴黎标志的小摆设和装饰品，包括铜制的埃菲尔铁塔、巴黎圣母院、凯旋门的模型，还有在圣母院阳台上那观察着人间善恶的怪物的雕塑……它们制作精巧美观，就像山阴道上的每一朵鲜花，吸引着你的目光，叫你应接不暇……

总之，我与巴黎圣母院的圣殿没有建立起感情，只有一次例外，那是在圣诞节的下午，但那也是我最后一次去看巴黎圣母院了。

三

我在"圣心教堂"度过了圣诞节的上午。下午，我来到了巴黎圣母院。这天人群当然特别多，大都是来望弥撒的，也有一小部分像我这样来观光的参观者、旅游者。教堂的门口拥挤不通，正厅里近千张椅子都已坐满。正厅两侧的献烛台上插满了白色的蜡烛，照得教堂格外明亮。烛台上的残烛几乎堆得有一米高，有很多仅仅只燃了一小截，那是因为先来者献上的烛，很快就被后来者献上的烛代替了。

弥撒正在进行。宣教台上的布置极为简朴，从高处垂下来一块白纱帘把正厅尽头的祭坛遮着，构成宣教台的背景。台上有一长桌，四周点着六支巨烛，桌上供着一大束白色的花。一排神父站在白纱帘前，着一式的白色长袍，袍领上带一白色的斗盔。在他们前面，一侧是主持弥撒的主教，另一侧是主持宣讲的主教。在宣教台的右侧，又整齐地站着男女混合的唱诗班，他们则身穿黑色的服装。主持者按照一定的程序领着弥撒的进行，从后排神父队伍里走出来一名，来到台前左前方，念一段经文，念完后合掌缓步走向原位，另一位神父来到台前的右前方领唱圣歌,有时只有唱诗班应和,有时则由神父指挥,全厅起立,齐声合唱,然后,又一神父来到台前宣道。如此不断反复,只是所念的经文不同,所唱的圣歌和主教宣讲的内容不同而已。

我完全以教外人的好奇心听着和看着这一切。不管那些经文中的神话内容是多么不可信,但眼前的弥撒仪式却有点脱离了原来宗教迷信的陈习而有点哲理化了。台上不仅没有圣像,也没有圣物,甚至十字架也没有挂一个,而只有几座台烛和一大束素净的鲜花!这种朴素的布置倒可以使人把那些经文和宣道当作一种哲理来对待;尽管那些神父以那么认真的态度去诵讲现实世界中不可能的事而多少有些可笑,但他们那悦耳的声音、庄严而抑扬顿挫的语调,却不失为上好的朗诵艺术。至于对那些圣歌,我只听曲调,不听歌词,说实话,我倒真有点喜欢:它们柔和,似乎可以平息人心里的骚怨;它们宁静,似乎可以使人从日常生活的烦扰中得到解脱;它们具有一种神圣、崇高的格调,如果不使人着迷到那样的程度以至向往虚无缥缈的天国,至少也可以使你的心灵似乎得到了一次洗涤。这时,我不禁想起了《警察与赞美诗》,那个精神已经麻木的流浪汉被赞美诗的音乐钉在寒冷的街头,不禁百感交集,向往着严肃的人生……

我沿着大厅旁边的走道绕了大半圈，不仅大厅里坐满了人，而且走道上也站满了人，走道上的人像坐着的听众一样，也在专心听布道，也在胸前画十字，也随着神父的指挥唱圣诗圣歌。整个教堂一片肃静，音乐声和神父的声音一停顿下来，上千人的大厅里竟没有一点嘈杂声，更听不见一声咳嗽与擤鼻涕声，人群只在唱圣歌的时候，在齐声回答"阿门"的时候，才发出声音。这里什么人都有，有穿着讲究的，也有服装寒酸的，有老夫老妻，也有年轻的夫妇和他们未成年的孩子，还有各种身份、各种年龄的男男女女。他们的表情都是一式的虔诚，法国人平时脸部常有的那种机智、活跃、调皮甚至玩世不恭的神情，都不见踪影了。他们完全沉浸在宣道和音乐声中，有的人低着头在沉思，有的人把木椅转过来，跪在椅子上。过道上倒总不断有人走动，但他们的动作缓慢轻柔，似乎每走一步，气都不敢大出，即使是一些青年人，也早已收起了他们一出教堂门也许就要恢复的放肆轻佻的常态。过道的一侧，小房间里坐着神父，正在接待来请求"指点迷津"的男女。我看到一个男子坐在神父的面前，这是一个练达世故的中年人，从讲究的衣着来看，他显然在世俗中混得相当不错，现在，他却两手合在胸前，在和神父作严肃认真的谈话。

眼前的这一切使我惊异了起来,从我所了解的几个世纪以来法国的精神生活的进程来看,我感到眼前的这一切是多么值得深思!

在法国封建社会,从教会成为统治阶级的工具以后,神父和教士就成为讽刺揭露的对象,宗教教义就受到诘难。拉伯雷在《巨人传》里几乎把有关宗教的一切神圣的事物都嘲笑遍了:诺亚方舟的传说、神学教育、宗教信条、宗教裁判所和教皇等等。到18世纪,宗教和教会更是遭到彻底的否定,先是这个世纪早期的思想家贝尔·封德奈尔等人提出了以科学的信仰代替宗教信仰的主张,然后,伏尔泰、狄德罗、卢梭对宗教意识的整个思想体系又加以摧毁性的打击,他们对修道院生活的黑暗腐朽、反动教会的宗教迫害,进行了无情的揭露,作了坚决的斗争。历史的发展最后就必然导致这样的一幕:在18世纪末资产阶级革命的高潮雅各宾专政时期,巴黎圣母院的主教堂被封闭,政府禁止在这里举行宗教仪式,过了不久,1793年11月10日,巴黎民众干脆涌入巴黎圣母院,打碎了原来的宗教偶像,在这里举行了理性女神即位的典礼。这是革命政府力图以新的合理的信仰取代宗教信仰的尝试。然而,理性女神在巴黎圣母院的地位却难以巩固。

1801年7月,拿破仑与教皇签订协议,在法国恢复宗教信仰，承认天主教是"大多数法国人的宗教"，于是，巴黎圣母院停敲了十年之久的大钟又敲了起来。此后，虽然雨果在他的《巴黎圣母院》里，描写了教会神职人员所制造的一桩令人发指的冤案就发生在这个宗教圣地，把这个圣地写成了黑暗邪恶的大本营，然而，巴黎圣母院的"香火"却没有再断过。

他们真相信天主？现在已经是科学高度发达、人类进入了宇宙空间的20世纪，他们仍然相信诺亚方舟那陈旧的神话？我在圣母院教堂里的过道上一边走着，一边思考。我仔细地观察着坐在教堂正厅里的人们的面部，力图发现某一种能流露出内心深处真实思想的表情，然而，我看到的仍然是虔诚与肃穆。"你们真相信天主吗？"我记得两三个星期前，我和一对老夫妇坐在圣母院广场旁边的椅子上聊天时，我这样问他们。那位衣着整齐的老先生回答说："的确相信。如果您不相信，您怎么解释这样奇妙的世界是谁创造的？而且，人，总应该相信一点什么。"

人，总应该相信一点什么。我眼前所看到的，就是人们在相信着一点什么的情景。现在，他们的那种态度和表情，十分清楚地告诉我，对于他们来说，这是一个严肃的神圣的时刻，他们从生存竞争、灯红酒绿中完全超脱了出来，正在思考一些严肃的事物。面对着这一切，我不禁感动了，我由一个观察者,变成了一个思考者、沉思者。我深知,他们所相信的东西只不过是虚妄,是并不存在的彼岸世界,然而,他们却相信得这样认真、这样严肃、这样执著、这样热烈,这是多么值得深思……原来,我为了观察我感兴趣的东西而在过道里有目的地走动,这时,我却由于完全陷入了自己的沉思而漫无目的地踱来踱去,显然,在巴黎圣母院这一片静谧的宗教氛围里,我成了一个奇特的来客。

我走出教堂的大门,向右转弯,取道阿尔戈尔横街,准备到地下铁道的"城区"这一站上车回我的住所。我知道,"城区"站的旁边有一个花市,那是一个五彩缤纷的地方,还有一个鸟市,在那里我曾听到各种奇珍鸟雀的啾叫与婉转啼鸣,但今天是圣诞节,恐怕不会开市。我走完了阿尔戈尔街,到了塞纳河边,河对岸一排大电影广告赫赫在目,画的是……请允许我不加复述,画面实在不雅,而且,画的下方还有一句隐晦的粗话。我知道这张广告在地铁的走道里、在街口、在河岸,到处都有,它像海洋一样包围着巴黎,因为,圣诞节期间,这个片子正在巴黎各影院上演。

这时,我产生一个感觉:比起这张广告来,我刚才在巴黎圣母院里所见识到的那一点"灵性",似乎是巴黎世俗氛围里的一缕青烟。

在"思想者"的庭院里
——访罗丹雕塑博物馆

奥古斯特·罗丹先生,并没有艺术家们常有的那种罗曼蒂克派头,倒像是一个拘谨的绅士、严肃的学者。他头戴老式的礼帽,身穿黑色的服装,须发皆白,飘拂在胸前的稀疏的银丝,看去像是闪闪发光的轻雾。他没有瞧我,侧着头,眼睛仰视着上前方,似乎在追踪一个遥远的目标。

我随着他走出他的博物馆大厅,来到巨大的院落里。

我看了看手表,才发觉自己在这幢漂亮的浅黄色的楼房里,已经不知不觉度过了五个多小时。楼上楼下的展览室大小不过16间,然而,当我走出最后一个展览室的时候,我觉得似乎在广漠无垠的奇景里走过了漫长漫长的路,那路上千姿百态的景象进入我的脑海,在其中不断闪现,不断流动,不断变幻,使我感到过于纷繁,就像浓郁的花香、甘醇的美酒使人感到有些醉意。我想从这过于兴奋的状态中解脱出来,到那巨大的院落里略为整理一下自己的思绪,何不把那些散落在脑海各个角落的珍品理出一个次序呢？正好有罗丹先生同行。

院落里空气清凉，早晨我来的时候，还有像蒲公英一样纤细轻柔的雪花在飘落，现在已经停了，但昨夜降的雪仍像一层白色的轻纱蒙罩着院落里的草坪、花圃和路阶，这在巴黎之冬，要算是难得的装饰品了。

沿着楼房右侧的那条路走几步，紧邻有一块周围长满了树木的草地，中央站立着高大的巴尔扎克，他昂着头，披着睡袍，似乎在展望早晨的朝曦，又似乎是在深夜创作他的《人间喜剧》时对他所揭露与鞭挞的物欲横流表示着一种藐视，要不然就是他自信已留下的传世的杰作，"非人工的纪念碑"，因而怀着拉斯蒂涅那种"咱们俩来拼一拼吧"的感情，雄踞于巴黎之上。他那像雄狮一样硕大的头、粗壮的脖子、鬣毛般的长发、略带棱角的头型以及健壮的身躯，显示了无限充沛的精力与雄伟的气势。巴尔扎克早已死去了，有谁能像这位学者般的先生这样把他那巨人的身影、他那奇迹般的创造力和他那坚毅顽强的劳作精神，用物质的可以实感到的形式凝练，让他在地面上永世长存？如果说，巴尔扎克本身是人类的一个奇迹的话，那么，立在这片草地中央的巴尔扎克，不也是人类的一个奇迹吗？你看，他比常人的体积大将近一倍，在周围遍地轻纱的衬托中，简直给人一种神物之感。

再继续向右前方走去，上了几级台阶，又是一片树木与沙径，在较深处，圆锥形的柏树簇拥着一块大理石的基座，上面坐着那个著名的思想者。他全身赤裸，一手放在膝上，一手支在腿上托着下巴，牙齿几乎在使劲地顶着他自己的手，而全身的肌肉则紧张隆起，似乎在进行一种强度极大的体力劳动。他是一个在思考某个永恒问题的智者，或者就是思考着一切问题，永远也不能从沉思中解脱出来的人类的缩影？不论是前者还是后者，人类进行思考探索，从事精神劳动的崇高与艰辛，不是都完美地、强烈地体现在这苦思冥想的形象中，体现在这既强有力又毫无遮盖与庇护，因而最易于招致伤害的身姿上吗？谁要是为了探索与研究，为了思考与创作而曾竭其心智，而曾度过不眠的夜晚，而曾两鬓添上了秋霜，而曾尝过辛酸与苦涩，来到这赤身裸体，经受着日晒夜露、风吹雨打的形象面前，怎么会不百感交集、怆然而涕下？

雪虽然已经停了，但天空是一片灰色，而且还压得很低。从我站立的台阶下望去，巴尔扎克与"思想者"嵌在那灰色的天空里，像两块特别晶绿的翡翠，而较远处的天空下，一个式样像王冠的古老建筑，构成了一个庄严肃穆的背景，那是围墙外马路那边不远的荣军院，王冠般的一座圆形建筑，就是拿破仑的坟墓。那高大的建筑，颜色与巴黎圣母院一样，浅黄之中又被时间蒙上了一层灰暗，它威严地君临于周围低矮的建筑群的上空，显示出那个长眠者生前不可一世的气派。

拿破仑、巴尔扎克、罗丹，共处在方圆不到一公里的空间里，这该是巴黎的一大奇景，面对这一奇景，我不免陷于沉思遐想。拿破仑，他曾经征服了几乎整个欧洲，军旗所指，无不臣服；巴尔扎克，他曾这样宣称："拿破仑以其剑未竟之业，我将以笔完成之。"那么，罗丹先生呢？他在《米洛的维纳斯》所在的巴黎，他在米开朗基罗的《奴隶》

罗丹博物馆院落一隅

所在的巴黎，能保持一种类似拿破仑和巴尔扎克在各自领域里的优势吗？拿破仑之前有凯撒大帝、查理曼大帝……巴尔扎克之前有莎士比亚、但丁，但他们都有既不如其前人又为其前人所不能及的自己"帝国"。这位戴旧礼帽的罗丹先生怎样呢？在他之前，古希腊的雕塑家已经把人体表现到完美的境地，似乎已经把雕塑艺术的文章做尽了。然而，米开朗基罗崛起，他十分聪明地没有成为希腊雕塑的"模仿者"，像他的前人那样也致力于表现人体中理性的、平静的美，而是走自己的路，去表现人体中的力量、悲剧式的崇高与英雄主义。他们都有自己的"帝国"，罗丹先生是否也有自己的"帝国"？眼下的情况十分清楚，罗丹博物馆是巴黎最吸引人的博物馆之一，他的雕塑激动着人们的想象，即使是在远离巴黎的其他国度，人们也乐于从他雕塑的复制品里去欣赏他艺术的魅力，他肯定有着自己的"帝国"，那么，罗丹先生，您是怎么建成自己的艺术"帝国"的？

"我服从自然，我唯一的欲望，就是像仆人似的忠实于自然。"奥古斯特·罗丹如是说，他的眼睛仍然仰视着上前方。

他讲的是事实。当我走进博物馆的展览室时，罗丹的雕塑就以其近乎严酷的写实风格而给我以深刻的印象。1860年的《罗丹之父胸像》是他最早的作品之一，细部精确，一丝不苟。1863年的《于连·埃玛尔德神父》那生硬严峻的面部表情是多么真切，似乎传出了一股冷气，他头上的青筋隐约可见，皮肉下微微突出的鼻梁骨也没有被雕塑家忽略。1865年的《少妇》，风格朴实生动，那个妇女并不美，雕塑家无意于美化她，他把她那略为瘦削的面孔、稍带惊呆的表情以及她不甚整齐的衣装，都如实地表现出来，虽然她头上有一顶装束着花朵的草帽。1866至1870年的《母亲与婴儿》，再现了一个母亲沉醉于婴儿对自己的依偎中的动人情景。1870年的《迦尔里叶夫人》生动地表现出一个妇女理智而虔诚的神情。1871年的《披发的少女》健康而丰满的形象如同就在眼前。1884年的《何尔夫人》精明之态给人印象极深。此外，他为好些当代人所做的塑像，如1875年的《封·贝克纳尔》、1875年的《J．B．威廉姆斯》、1881年的《若望·保尔·罗朗》、1883年的《达鲁》、1884年的《亨利·贝克》与《亨利·罗皆福尔特》、1890年的《凡·高》、1906年的《肖·伯纳》与《马瑟克兰·贝尔戴罗》、1897年的《亚历山大·法尔基埃尔》、1891年的《皮埃尔·德·夏瓦勒》、1911年的《乔治·克里蒙梭》等等，都是生动传神、惟妙惟肖、难得的艺术佳作。

在看着这些雕塑的时候，我明显地感到，罗丹所塑造的人像，都远远不及古代希腊雕塑那么优美、典雅，它们显然不是以形体美取胜，而往往有这种不足、那种缺陷。达鲁的胸像肋骨毕露，J-P罗朗的头像眼眶相当难看，似乎有眼病，加米叶·克洛岱尔的头发颇不雅观，像一层地衣或青苔贴在头皮上，特别是《青铜时代》《施洗者约翰》《鼻子被损伤了的男人》和《这个曾经美艳一时的老妇》，更是突出的例子，以至我们完全可以说，表现畸形与丑陋，是罗丹雕塑的一个相当重要的倾向。

"平常人总以为凡是在现实中被认为是丑的，就不是艺术的材料，这是他们的大错。在自然中一般人所谓'丑'，在艺术中能变成非常的美，一位伟大的艺术家或作家，攫取了这个'丑'或那个'丑'，只要用魔杖触一下，'丑'便成为美了，这是点金术，这是仙法！"奥古斯特·罗丹如是说，他的眼睛仍然仰视着上前方。

看，《青铜时代》，这尊赤裸的男人塑像，在当时曾以其酷似真实的人体而被学院派指责为从尸体上复制出来的。《施洗者约翰》，也毫无圣徒的灵光，而是一个一丝不挂的瘦骨嶙峋的中年男子。《鼻子被损伤了的男人》，是一个丑陋的男人头像，头发几乎完全光秃，额头上有深深的皱纹，胡须乱成一团，面部不光滑，也不洁净，再加上那已经塌断的难看的鼻梁。《这个曾经美艳一时的老妇》,简直就令人触目惊心。它是根据法国中世纪诗人维雍的名诗《美丽的欧米哀尔》塑造而成,维雍的这首诗回顾了妓女欧米哀尔年轻时美艳娇嫩的容貌和丰满动人的身姿,哀叹年龄把她摧残成为一个衰老难看的老妇。罗丹把无情的自然规律强加在人身上的可怕的变化呈现了出来,这老妇脸上的肌肉已经完全消融,双颊与眼窝都深深陷下,如果没有头发,简直无异于骷髅,她的身躯同样也只是一个倾斜歪倒的骨架,上面松弛地披着一层满是皱纹的皮,而那扭歪笨拙的四肢,则像枯干的葡萄藤。

罗丹先生这种表现畸形与丑陋的创作倾向,使我想起了波德莱尔这个"恶"的诗人,他不怕把丑恶、畸形、变态的事物写进自己的诗里。罗丹比他迟生将近廿年,当然受了他的影响。艺术中的美丑当然与生活中的美丑不同,生活中的"丑",可以成为艺术中的"美",但只是当这"丑"被艺术家表现得有心理深度、有内在世界的时候,而罗丹先生是为了给人一种刺激、使人感到触目惊心而着意追求形体上的残缺与丑陋?

"不,在艺术中,有'性格'的作品,才算是美的。所谓'性格',就是不管是美的或丑的……而'性格'就是外部真实所表现于内在的真实，就是人的面目、姿势和动作所表现的灵魂、感情和思想。自然中被认为是丑的，往往要比那被认为美的更能显露出它的'性格'，因为内在的真实在愁苦的病容上、在皱蹙秽污的瘦脸上，在各种畸形与残缺上，比在正常健全的相貌上更加明显地呈现出来。在艺术中，只是那些没有'性格'，就是说毫不显示外部与内在的真实的作品，才是丑的。"奥古斯特·罗丹如是说，他的眼睛仍然仰视着上前方。

的确，罗丹先生所追求的并不是形体上的丑陋，而是内心的深度，是内心世界的某种状态，是这种状态在形体上的一种如此强烈以至使形体变形的反映。《这个曾经美艳一时的老妇》，她低头看着自己丑陋的形体，脸上流露出内心多么深的悲哀、羞惭和绝望！《施洗者约翰》那略呈内八字形的两腿，使他瘦弱的身躯更显得僵硬难看，然而，却表现出了约翰机械地一步一顿的步伐的沉重与庄严，使人感到这位传道者那种完成神圣使命的献身精神。《青铜时代》那个从沉睡中刚刚醒过来的青年男子不美的形体与不平衡的身姿，正是为了表现人类刚从蒙昧、野蛮的状态中解脱出来而逐渐具有了清醒意识的伟大过程……

这时，我已经沿着巴尔扎克身边那一条笔直的沙径，走到了花园的尽头。沙径的两边夹着两排高大的梧桐树,虽然有阵阵微风,可惜树叶已经落光,我听不到它们那动人的和声,也看不到花园里葱郁的景象,只有落在路旁的一些红色的花瓣,向我透露着暖和季节时这个园子里的风光。花园的尽头有一大水池,水池旁立着一些裸体雕像,而中央则是有名的《乌谷利诺》。

它使我想起了《拉奥孔》,也使我想起了凯尔波同一题材的雕塑。凯尔波的《乌谷利诺》只表现出被囚禁在饥饿之塔中的乌谷利诺和他的儿子们被饥饿折磨的情景,乌谷利诺咬着自己的手指,既在忍受一种生理上的煎熬,又因无能为力而在精神上陷于绝望与痛苦,他那几个年幼的儿子,有的饿得奄奄一息,躺在他脚下;有的依靠着他,把希望寄托在他身上;有的则抱着他的两腿,在哀求他赶快设法。如果说凯尔波的雕塑所表现的人的痛苦情景是极为悲惨感人至深的话,那么,罗丹的《乌谷利诺》所表现的痛苦与不幸,就更是惊心动魄的了。乌谷利诺的孩子们都已经饿死躺在地上,他自己也只剩下最后一点力气,受着饥饿的煎熬,他已经快丧失自己全部的理智,现在只有求食欲、生存欲控制着他,死去的儿子对他来说,似乎不再是亲人了,而只是一堆肉,于是,他趴在地上,俯身在儿子的尸体上,想要去吃,然而，他作为人、作为一个不幸的父亲的意识，又在最后一瞬间制止了他，他的头又微微抬起，眼睛也不敢正视他刚才准备去咬的尸体。而他的面部，则反映了他内心一种父性的感情与一个饥饿者求食的兽性的激烈斗争，充满了一种极端的痛苦。当你面对这一雕塑时，那种人快降低为野兽的景象，会使你感到一种生理上的恶心，你会觉得这种可怕的悲剧已经超过了你的感情所能负荷的程度，但那人性与兽性的斗争，那种具有最大尖锐性的悲剧被艺术家表现得如此彻底，又不能不使你感到惊叹！这是一尊属于《拉奥孔》系列的雕塑，它刺心的程度似乎比《拉奥孔》有过之而无不及，这似乎也是罗丹全部艺术创作中的一个标本，它代表着罗丹好些以表现人类的痛苦感情为己任的雕塑。

那些表现人类痛苦感情的作品，在博物馆的展览室里可有不少：这是雕塑群像《地狱之门》中的《三亡灵》，他们的手肢都断了，疲惫不堪，低垂着头，弯着腰，似乎有一个无形的重担压得他们直立不起来；这是同一群像中的《夏娃》，她双手拢抱在胸前，全身退缩，头竭力往肩窝里躲藏，眼睑低垂，不敢张开，一副无地自容的样子，她正为自己的"原罪"而感到羞惭和痛苦；这是同一群像中的《回头浪子》，他赤身跪在地上，双手上举，头后仰，正在向苍天发出他痛苦的疑问，他那呼天抢地的姿势更显出他身体的瘦弱与干瘪；这是《呼喊》，他的神态可怜而又显得无能为力，他只能张大着嘴，不断地绝望地呼喊；这是《痛苦》，她闭着眼，紧蹙着眉，嘴无力地张着，正在逆来顺受地忍受精神上或肉体上的某种打击……所有这些，你不妨说，就是罗丹心目中的人类图景、人类状况，或者就是他心目中的人生缩影。即使不是这些以痛苦的感情为主题的雕塑，而是其他人像雕塑，他们的表情往往也是忧郁、悲戚、压抑，缺乏一种乐观开朗，而他们的肌体，既不像希腊雕塑那样优美典雅，也不像米开朗基罗那样雄壮威严，而往往是扭曲着、绷紧着，神经质的，似乎在承受着某种物质的压力或精神的纷扰，这些当然都渗透着一种苦涩的味道，透露着雕塑家本人的某种悲观主义，然而，也许正因为这些形象中蕴含着雕塑家对人类痛苦的严肃思考，他们才具有打动人心的力量。不过，也有例外，那就是罗丹所塑造的以性爱为主题的雕塑，如《吻》《永恒的模式》《永恒的春天》《艳妇们》《风流的女人》等，这些雕塑线条优美，体态或婀娜或俊俏，肌肤光洁动人，情景热烈兴奋，表情酣美欢畅，反映出雕塑家在进行塑造时的那种沉醉的情绪，当然，它们与前一类雕塑一样，也具有艺术的魅力，也许还更容易使观者感染到雕塑家自己那种沉醉与神往……

这些就是罗丹艺术魅力的全部构成要素？我已经从花园的尽头往回走，沿着博物馆那幢楼房左侧的一条道路，这条路正与我刚走过的右侧那条路遥遥相对，完全平行，它的两旁也有两排高大的梧桐，它们整齐地排列在一条两百米的路旁，就像是笔挺的仪仗队。路的左侧，则是高高的院墙，上面布满了常春藤，在冷风中，只有它们保持着自己的本色，给高墙披上了一层厚软的绿色丝绒。这路靠那幢楼房的一段，建成为一条宽宽的走廊，两旁一些粗大的木架上，安置着一些大理石的雕塑，它们几乎都是同一风格：没有完整的人体形象，往往是在一大块粗糙的石块中，露出一个人头、一段肢体或一个局部的形象，它们虽然不完整，但颇有寓意，耐人寻味。啊！罗丹的又一魅力：象征。

"如果我认为一位雕塑家可以只表现栩栩如生的肌肉而不注意任何主题，这并不是说我排斥他的工作中的思想性；如果我声明他不必去找寻象征，这并不是说我赞成从事于缺乏精神意义的艺术的人。但是，老实说，一切都是思想，一切都是象征。"奥古斯特·罗丹先生如是说，他的眼睛仍然仰视着上前方。

我也应该说老实话，我倒的确喜欢罗丹雕塑中的这种象征性和它所具有的诗意，博物馆的展览室里那动人的形象和深藏的寓意，还历历在目：这里是一个赤身的健壮男人，他步伐沉着有力在向前迈进，可惜，他没有脑袋，也像米洛的维纳斯那样断了两臂。这是罗丹自认为纲领性的作品《行走的人》，它蕴藏着罗丹对人类的物质之力与精神之力互不调和的见解，那强有力的身躯和庄严的步伐似乎象征着人的力量和他不断前进的伟大禀性，表现了雕塑家对人的赞赏与信心。而他缺乏头脑则似乎又象征着他的盲目，象征着他是在摸索前进，表现了雕塑家对人的某种悲观主义的情绪。这里是一个女人的头像，从粗糙的石块中长出来，像一株嫩芽破土而出，她的标题是《思想》，她那洁净清新而又安宁的神态，发射出一种理性的光辉，似乎象征着人类思想的明澈与清晰，而头像几乎全部包裹在粗石里，似乎又象征着思想的难产与艰辛。这里是一个男人，他跪在地上正亲吻一块大理石，大理石的前方朦胧的是一女性丰满的肉体，这标题是《人与他的思想》。对于这个人来说，他的思想，就像他最心爱的女性，他以亲吻女性的深挚热情，疼爱着他的思想，然而，这思想毕竟只是一块坚硬的石头。在这个形象中，寓含着多么深的哲理！这里是一个少女纯洁、天真而美丽的面孔，从嶙峋的大石中显露了出来，但她的头部还没有挣出巨石，其标题是《黎明》，象征着破晓。这里有几双手：一双手柔弱纤细，正徐缓地举起，并将合拢在一起，它的标题是《教堂》，它那庄重的姿势显然出自一种信仰的虔诚，它那轻柔的上举与舒展的动作，似乎是那向云端飘荡的圣歌；这是一双竖立在一块混沌的石块上的手，它们已经合拢，互相捂着一个圆形的东西，其标题是《秘密》，它们好像是从一个手臂上长出来的，简直不可分割，构成一个像圆柱的形状，给人一种特别神秘不可思议的印象；这是一只朦胧的手，我们只看见它的手腕和大拇指，手心中是一大块石头，其中的一部分已化为一对互相搂抱的男女，它的标题是《上帝之手》。这一只手掌握的是整个的自然与人类，那一对男女就是人类的祖先亚当与夏娃，这只手就是创造的象征。还有一只手，筋骨掌纹皆真实入微，手势沉着有力，它托着一个无头断臂的裸体美神，其标题是《罗丹之手》，它象征着艺术的创造。同是人的手，不同的姿态，有不同的象征，具有丰富的涵义。如果说罗丹的一部分雕塑确有悲观主义的色彩，那么他所塑造的人类的手的形象，却表现了他对人类创造力充满的无限信心与赞颂。因为世界、信仰、奥秘、艺术，无不在人的手里。也正是罗丹的这一双手，给雕塑艺术带来了象征、朦胧与诗意，在某种意义上开了现代雕塑艺术风格的先河。

这时,我走完了长廊,来到博物馆右侧的空地上,这里,在常春藤满布的高墙旁,在树木围绕中,站着罗丹的《加莱义民》。这是六个比常人高大半倍的雕塑群体,取材于中世纪英法百年战争。加莱城在经过英勇抵抗后,终于被英军战败,为了避免屠城之灾,这六个义民挺身而出,作为全城的替罪人英勇就义。他们正走在就义的途中,衣衫褴褛,身体因在长期的围城中挨饿受苦而消瘦疲惫,他们有的神情严肃,态度从容,视死如归;有的勇敢坚强,不陷于个人的痛苦,而为将要把城门的钥匙交纳给英国人而深感悲愤;有的面对整个城市不幸的命运,宁可赶快就义;有的则对即将来到的死亡感到恐惧;还有的为留恋生活与亲人而感到忧伤,但他们仍作为这一个集体的成员,迎着死亡向前走。这是一组具有真实动人的历史内容的雕塑,悲怆的形象中放射出崇高的英雄主义光辉。

我再环视了这个巨大的庭院和博物馆的这幢楼房,准备向它们告别。这就是我所见到的罗丹的艺术"帝国",我所理解的他艺术"帝国"的构成,我不敢说我的理解没有遗漏,但是,至少还有重要的一点,我不应该遗漏。

我不能遗漏的这点,是我在楼上最后一个大展览室里所见到的：那里陈列着八个巴尔扎克的塑像，塑造于1891年的共有四个，第一个根据德维利亚所做的巴尔扎克头胸像造型，相貌清秀英俊，像一个美少年，显然不符合人们心目中的巴尔扎克；第二个是巴尔扎克的全身塑像，他抱手于胸前，身穿礼服，面带微笑，丰采文雅，姿态潇洒；第三个也是全身塑像，巴尔扎克穿着正式的睡衣，系有腰带，像一个很讲究的、一丝不苟的绅士；第四个则无头，全身赤裸，双手放在腰后，身材矮壮，下体突出；塑造于1892年的有两个，一个是全身像，赤裸、强壮的身躯，两手交叉在胸前，眼睛傲视前下方，另一个是像雄狮一般的头像；第七个塑像成于1896年，这个巴尔扎克又没有头了，两手交叉在腹前，全身的肌肉强劲有力；最后，第八个塑像，才是人们通常见到的那一杰作。从最初一个塑像到最后一个塑像，罗丹在摸索如何表现巴尔扎克的形象与精神上，用了整整七年的时间。在同一个展览室里，还陈列着罗丹为雨果所做的不同的塑像，仅仅雨果像上的两个缪斯，他也花费了五年！这是多么煞费苦心的探求，这是多么辛勤的劳动，这是奥古斯特·罗丹先生的劳作！这就是罗丹之手！

我深深为艺术家艰辛的劳动所感动，走出了这个大展览室，沿着有镂花栏杆的大理石楼梯下到博物馆的大厅，大厅里设有专柜出售关于罗丹雕塑艺术的书籍、资料和图片，品种甚多，每一种都图文并茂，内容丰富。其中有一种厚厚的一册，前面有着奥古斯特·罗丹先生大幅的肖像，他像一个严肃的学者，头戴老式的礼帽，身穿黑色的服装，须发皆白，他侧着头，眼光仰视着上前方，似乎在追踪一个遥远的目标。

　　我在大厅里坐了片刻，翻阅购来的资料，而后走出了大厅，来到巨大的院落里。

　　这时，雪已经停了。

与萨特、西蒙娜·德·波伏瓦在一起的时候

到了巴黎，安顿了两天以后，我关心的第一件事，就是到蒙巴那斯公墓去看让·保尔·萨特。很自然，在我向法国外交部文化技术司提名要见的作家名单中，西蒙娜·德·波伏瓦也就名列首位了。我想去和她谈萨特。同行的金志平同志当然也乐于陪我去会见这位当代著名的法国女作家，萨特的挚友、终身伴侣。

其实，我去看萨特并不止一次，到达的第二天，我们在蒙巴那斯区办事时，经过那有名的公墓，我就不大合时宜地要进去先看一看。我看见了萨特就躺在进大门不远的墙根下。

正式凭吊的那天，天气阴凉，天空中迅速吹过一阵阵灰黑色的云，似乎雨意很浓，使行人有点担心，但又没有下。巴黎的10月总是这副德行，很少有晴朗的时候，不过，风倒是没有半点寒意，只使人感到凉爽而已。公墓外宽阔的人行道上，有几排高大的洋槐，在风的吹拂下奏出了和声，地面只散乱着少许刚刚发黄的树叶，如果不是前天夜间下了雨，

也许它们还不会落下来。巴黎温和的10月，本来就无意于驱走绿意，更谈不上要以霜寒对枝叶相逼了。

蒙巴那斯公墓就在艾德加·基内大道旁，外有高大的布着常春藤的围墙，看去就像一座巨大的庄院，站在大门口，面前呈"丁"字形的两条柏油路，构成了墓地的主要交通干线，横路与围墙平行，从大门口往右走不上20步，就可以看到在一大片古老的灰黑色墓碑中，有个浅黄的石墓，墓碑只有一尺来高，上面有简单的两行字：

让·保尔·萨特　1905—1980

要是没有那浅新的颜色，让·保尔·萨特是不引人注意的，他只在一片丛立的墓碑中挤出了一块小小的地方，远远不及那些不见经传但先占好了地盘的邻居们那么有气派。和他们那些高大的"门牌号"相比，他的那块低矮小巧，也没有任何装饰性的雕塑，朴实无华。但不同的是，我每次来的时候，萨特墓上都有鲜花：水仙花、菊花、玫瑰花、鸢尾……有的是花束，有的是盆花，而他那些邻居巍峨的府第前，却缺乏这些鲜艳的有生命力的色彩。

尽管墙外的大马路上汽车来往不断，墓地毕竟是墓地，一片凄清，一片寂寞。在这个简朴的墓前，如果只是为了

"到此一游",一分钟也就够了。可是,因为墓中这个人物和我自己近两年的工作颇为相关,所以这天我在这个毫无游览观光价值的地方,却流连了将近一小时之久。

萨特的作品我早就读过一些,对他的情况也算还不陌生,因此,1979年在全国外国文学工作规划会上的发言(即《关于西方现当代文学评价的几个问题》)里,专门谈到了他。那篇发言是针对日丹诺夫对西方现当代文学偏颇的论断长期在中国的影响而发的,目的只求冲破一些不合理、不切实际的极"左"的条条框框,以促进对现当代西方文学的评

在萨特墓前(1981年)

介和研究。这个发言曾经引起了多数同志与读者的共鸣,也有一部分同志善意而坦率地提出过商榷,这些都使我感到亲切、自然。1980年6月,萨特逝世,我应《读书》之约,写了《给萨特以历史地位》一文,发挥了前文中的一些观点。可是,不久,我就在一次全国性的外国文学工作会议上,亲耳聆听了一个针对该文的大批判的发言,什么"批评日丹诺夫就是要搞臭马列主义"等等。我没有作任何答辩,只是下决心尽早把萨特资料专集编选出来,也算是一种答复。

正因为经历过这样一些事,所以我带着一种感情在萨特的墓前站了一会儿,而后,坐在它旁边一条木头已经发朽的破长凳上,不是为了休息,而是为了在这里多待一会儿。我的思绪泛泛地想起萨特生平中的一些事:参加反法西斯斗争,反对侵朝战争、侵越战争、阿尔及利亚战争,支持法国革命群众运动,挺身而出保护《人民事业报》,拒绝诺贝尔奖金和"一切来自官方的荣誉"……他在哲学上提倡人进行积极的自我选择,以获得积极的本质,过有意义的生活;他的文学作品在反法西斯的斗争中曾发挥过积极作用,他还在作品中抨击和讽刺过种族主义、法西斯残余以及50年代的冷战狂热。我想,所有这些不正是汇入了当代进步的历史潮流中吗?不是和我们所经历过的路线平行发展的吗?

看着金志平君已经完成了参观整个墓地的任务，从远处走了过来，我结束了我的思绪，也从长凳上站起来，准备往回走。面积不大的公墓只有少数几个凭吊者，的确显得有些空旷，可是，一年多前，萨特葬礼的那天，却曾有好几万人把萨特送到这里，它怎么容纳得了那么多人呢？

两天以后，当我和一位法国朋友谈起萨特时，他以一种不可思议的表情说："我真感到惊奇，那天竟有那么多那么多人为他送葬，什么人都有。"在另一个场合，我又听说，法国学术界对萨特的研究越来越细致，已经有了相当一批萨特学学者，不久还将成立萨特中心。萨特是人们公认的思想史上的一个伟人，这在法国已经是无需再争议的了。其实，何止在法国，在世界其他地方，萨特也被作为人类精神领域中一块高耸的里程碑而成为了学术研究中的一个巨大课题。今年上半年，我在美国哈佛大学著名的怀德纳图书馆的书库里，亲眼看到世界各国出版的评介和论述萨特的专著，就有整整两大书架之多。

可惜萨特已经去世，我来巴黎太迟了。不过，西蒙娜·德·波伏瓦还在，在我的心目中，她与萨特就是不可分割的一体。他们在求学时代就相识并成了终身伴侣，只不过他们为了表示对传统习俗的藐视，而从未举行结婚仪式；他

在西蒙娜·德·波伏瓦的寓所

们同时开始创作活动,她帮萨特建立了人类思想发展历程中存在主义这一独特的路标,她以与萨特思想倾向一致的作品而和他在当代法国文学史上构成了影响深远的存在主义文学;她在政治上始终是萨特的同志和战友,共同参加过斗争,从事过种种进步的事业,一同访问过新中国,对中国一直怀着友好的感情;在生活上,如果用简单化的语言来说,她实际上是萨特的妻子,萨特一生得力于她实在不少。30年代,萨特曾一度精神不正常,是西蒙娜·德·波伏瓦在经济上和生活上给了他极大的支持，帮助和照顾他恢复了健康。他们两人在巴黎虽然各有寓所，但相距甚近，几乎是每天，萨特总是从他的住处，步行来到西蒙娜·德·波伏瓦的家，在这里看报、读书、讨论问题、修改稿件，度过整整的一天……不过，当我来到巴黎后，却听到了关于他们的生活的一些传说：萨特最后十年身边包围了一批左派青年，他又收养了一个女儿，他与西蒙娜·德·波伏瓦疏远了，甚至逝世时并没有什么遗物留交给她。有人就企图利用这些情况，把这两个人分割开。

历史的基本现实，往往总有一些局部的现象来遮盖，正像蓝澄澄的天空里，有时总要飘过几朵障眼的云霾。我把上述的传闻与数十年来的基本事实作了一个比较，觉得它们微不足道，我还是把萨特与西蒙娜·德·波伏瓦看作一个整体，因此，我几乎是怀着见萨特的心情来到了西蒙娜·德·波伏瓦的门前。

门开处，一位衣着雅致、气派高贵的老太太站在我们面前，从面部的轮廓上，我马上认出了这就是我在照片上见过的与萨特在一起的那位风姿绰约的少妇。她的老态是非常明显的，虽然体格清瘦，但是动作迟缓，远远不如我后来会见的法国当代文学中另外两位著名的老太太娜塔丽·萨洛特和尤瑟纳尔那么精悍、灵活、自若，尽管她们的年龄比波伏瓦都要大五六岁。她头上裹着一条浅黄色的纱巾，包裹的式样有一点像斯达尔夫人那著名的头像，她穿着浅色的衬衫，灰蓝色开胸的羊毛衫里，又露出罩在衬衫上的雪白的绒背心，下面则是一条墨绿色的绒裤。如果说她身上的色彩是丰富的话，那么，房间的色彩就不知丰富多少倍了。浅黄色的墙壁、浅灰色的窗纱、深红色的帷幕，墙壁四周的上方是悬空的书架，书籍的浩繁卷数和式样，又必然带来缤纷的色彩。屋内的陈设琳琅满目，各种美术作品，东方和西方的古董，沙发、灯罩、茶几都呈现出各种式样和颜色。鲜花也有好几种：洁白的兰花、鲜红的玫瑰……墙壁四周的下方，是一圈着地的书架，除了书籍以外，还有数不清的唱片和更加数不清的小摆设，其中有中国的泥人和皮影。室内到处都有她与萨特的照片，有的挂在墙上，有的放在书架上、茶几上或书桌上。这是她的客厅，也是她的书房，她的书桌就在一个角落里，那里更是集中地摆着萨特的照片。房间的中央，有一架好看的绿色螺旋形楼梯盘旋而上，通往一套房间，显然那是她的寝室和其他的用房。

　　萨特就曾在这里度过了好些时光，这就是萨特的第二个家。他常坐在哪张沙发上听西蒙娜·德·波伏瓦给他念报？

他是从什么时候起,微弱的视力开始失去了对这里的丰富色彩的感受?

她把我们让在房间的一角,这里有好几张彼此靠近的沙发。我先向她表示问候,并针对上述的传闻和说法,特别强调我不仅是把她看作当代法国文学中的大作家,而且是把她看作萨特最亲密的战友和伴侣来致以问候的,这使她显得有些高兴。我感到,那似乎是一种突破了沉郁心情的高兴。

我们开始谈到了萨特。陪同的沈志明君向她介绍了我对萨特的研究和评论。西蒙娜·德·波伏瓦一听到这些,像关心自己最重要的事一样,就单刀直入地问我对于萨特的观点和看法。我陈述了我的一系列观点,她注意地听着,不插话,不出声,只是点点头,从她的表情来看,我觉得她似乎对我认为萨特是法国文学中从伏尔泰开始的作家兼斗士这一传统在20世纪最杰出的代表的这一论点最为欣赏。

在我说完以后,她对我的陈述总的表示了赞同的态度:"我同意您的看法。"这时,我发现,话语不多但却干脆而毫不含糊,似乎是她的习性。接着,她又详细问我《萨特研究》的内容,萨特的文论选了哪几篇,萨特的小说和戏剧选了哪几部等等。我一一介绍的时候,她都频频点头,表示了赞同,并且向我提出,希望将来出版后,能寄给她一本。

这时，我发现一个对我来说颇为严重的问题，时间已经过了半个小时了，而我想要她谈的问题还没有开始。她的身体显得并不怎么太好，难道好意思占用她两个小时以上的时间？何况，听说她也是法国作家中轻易不见客的一个，每次见客时间都不长，甚至对法国那些萨特学的学者几乎一概拒而不见……

我赶快提出我的问题："您是最了解萨特的人，我想听听您对萨特作为一个战士、一个文学家、一个哲学家所具有的最可宝贵的价值的看法。"

我想用这样一个大题目引起她大段的论述，没想到她的回答却是这样浓缩：

"萨特作为思想家，最重大的价值是主张自由，他认为每个人必须获得自由，才能使所有的人获得自由，因此，不仅个人要获得自由，还要使别人获得自由，这是他作为社会的斗士留给后人的精神遗产。"

我并不认为这种自由观与马克思主义的自由观是一致的，但现在不是作对比和分析的时候，现在的问题是如何使她多谈一些，使她谈得具体一些，于是，我赶紧接过自由的话题，谈到了萨特与加缪在自由观上的区别，萨特不脱离社会条件，而加缪却有些形而上学。

果然她接下去了:"在萨特看来,只要作为一个人,就要获得自由,并且,在争取自由的时候,要知道别人也是缺乏自由的,因此,也应帮助别人获得自由,当然,不是形而上学的自由,而是具有政治意义和社会意义的自由。是的,加缪也提倡自由,但只是人自身所要求的一种抽象的自由,而萨特,他虽然也认为自由是人自身的内部的要求,但他同时认为必须通过具体的社会环境,既要超出眼前的物质利益,也要通过物质利益表现。"她说这些话的时候,都是以干脆利落、斩钉截铁的口吻,声音有点发尖,因此,更加显得严肃,完全像是答记者问,而当她发言一完,就不再作声,等待着对方的新问题和新反应。

我把问题引到萨特与马克思主义的关系,在我看来,萨特并不是马克思主义者,但他可以算得上是马克思主义的朋友。

"当然,他当然是马克思主义的朋友。"西蒙娜·德·波伏瓦迅速地做出了回答,"他虽然也写过分析评论马克思主义的东西,但他是在尊重马克思主义的前提下这样做的,照他看来,马克思主义应该是发展的,所以,他主观上想要尽可能补充马克思在有生之年所创立的学说,譬如说,马克思对人本身的研究并不充分,萨特想在这方面加以补充,总的来说,他对马克思主义还是很尊重的。"

我很清楚，西蒙娜·德·波伏瓦是言之有据的，萨特在晚年的时候，就曾明确地说过，"马克思主义是我们时代最先进的科学"。不过，她说萨特企图在人自身的研究方面补充马克思主义的不足，这与西方批评家认为弗洛伊德在对人的研究方面补充了马克思主义的不足有何区别？于是，我要求她在对人的研究和发现上，将萨特与弗洛伊德作个比较。

"萨特是在尊重和吸收马克思主义的前提下，对马克思主义加以分析和补充的，而且，他主要是尊重与吸收，但他对弗洛伊德学说则不是这样，他主要是进行批评，他认为弗洛伊德主义是机械的，弗洛伊德看到了性、潜意识对人、对家庭的影响，这是对的，但他没有考虑到反作用，因为，人毕竟是人，而不可能完全是性、潜意识的奴隶。"

她的回答简要而明确。我又赶快谈到萨特的存在主义哲学，为引起她的议论，我说，"自由选择"的主张是萨特存在主义哲学的核心，因而，这种哲学与其说是对客观世界的认识，不如说是对某种人生观的提倡。

她马上以萨特学权威的态度对我说："不完全准确，萨特主要的思想是自由选择，不过存在主义哲学还有另外一些意思，如存在先于本质，在萨特看来，对人来说，人最重要的是本质，不过，人还是可以改变自己的本质的，即通过存在去改变它。"

我觉得她这些话只是存在主义的ABC，根本不是对我的本意的回答，不过，她很快就表示了和我相近的理解："的确，存在主义是一种人生观，不是对世界的解释，它是一种描述，对客观的人生的一种描述。"

话题又转到了萨特与人民群众的关系，西蒙娜·德·波伏瓦告诉我们："萨特的葬礼是19世纪以来，规模仅次于雨果的一次，从规模来看，人民很爱他，参加葬礼的人不一定很了解他的思想，但都知道他的为人，因为他曾为改善人们的生存条件而不断进行斗争。参加者有五万人，而且都是自发性的，不像马尔罗那次葬礼是由政府组织的，因为萨特一贯反德斯坦政府，政府当然不会来主持这件事。"从这里，我们很自然地谈到萨特的一生和他的为人，在西蒙娜·德·波伏瓦看来，萨特作为一个人是崇高的，拒绝诺贝尔奖金仅仅是一个突出的例子，此外，还有他保护《人民事业报》，为了越南难民，把个人的成见抛在一边，和他长期的论敌雷蒙·阿龙一同去向总统请愿等等。她以明显外露的感情作了这样一个总结："不仅仅这几个例子，他一生都是如此，因此，他的崇高要从他整个一生来看。"

关于萨特，我向西蒙娜·德·波伏瓦提出的最后一个问题是：萨特作为一个文学家在文学史上的贡献。

她简要而全面地谈到了对萨特作品的看法，虽然并未作概括性的评价。关于萨特的剧作，她说，萨特的戏剧完全是古典式的，与现代派的方法完全不同，与荒诞性无关，他剧中的人物和情节都很完整，主人公在历史、现实中都有一定的位置，并不是抽象的人，而在所有这些剧作中，她，西蒙娜·德·波伏瓦最喜欢的是《上帝与魔鬼》。关于萨特的小说，她认为《恶心》表现了作者的世界观，是他最重要的作品，因为他在这部作品里发现了人的存在，发现了人的偶然性以及人对世界的敏感性，世界的存在是靠人去发现的，如果人不去发现它，世界有什么意义呢？但发现要靠偶然性。萨特在这部作品里表现了这些哲理，在文学史上要算是一个创举了。她还谈到萨特另一部重要的作品：自传《文字》。她指出，这部作品反映了一个作家的"存在"，从萨特自己的内心生活反映了萨特作为一个作家的生活，其中很多句子看来很简单，其实有多重的意思，不是单一性的，而是多重性的。她还特别着重谈到萨特的文集《境况种种》，认为这十本文集是人类的宝贵财富，一定能流传下去。她还告诉我，萨特最重视的也是他这一套文集，希望它能传之于后代，因为文集中有他的文学理论、哲学观点，有对当代政治和人物的看法，反映了萨特时代的人和事。

我在一种满足的心情下结束了与西蒙娜·德·波伏瓦关于萨特的对话，把剩下的时间献给她自己。

谈起她自己，她一点也没有一般人常有的那种津津乐道的劲头。其实，关于她，她可谈的实在不少。她不仅是当代的一位大作家，而且是西方妇女的一位精神领袖，她一直为争取妇女权利、为反对对妇女的偏见和不合理的习俗而进行奋斗，她的《第二性》(1949)一书已成为西方妇女的必读书之一，是当今西方女权运动的先声。在巴黎，还有这样的传说：西蒙娜·德·波伏瓦经常接见一些不相识的普通妇女，倾听她们诉说自己的痛苦、不幸和苦恼，为她们作些分析和指点，帮助她们解决在人生道路上所遇到的难题，如：某个青年妇女与一个男人怀孕，负心的男人却抛弃不管，她今后如何生活，走什么道路，在这关键时刻，她就来找西蒙娜·德·波伏瓦了。因此，西蒙娜·德·波伏瓦在法国有好心的老太太的美名。

然而，她却很少在我们面前谈自己，面对我所提出的一系列问题，她只作了最简单的回答，话语比她谈萨特时少得多，似乎她最感兴趣、最关心的是萨特，而不是她自己。关于她为什么写作、在写作中所怀有的信念和原则这个问题，她只说，她经常有所感，有很多话要讲，愿意把它们写出来，帮助其他的人了解世界，了解生活，帮助他们更好地生活。关于她自己的作品，她只简单地提了一提《第二性》一书的影响，指出她所重视的是自己的四部回忆录，因为她在那几本书里讲了自己的经历、观感和体会以及有关和萨特的事。关于她近期的工作和创作，她告诉我，不久前她完成了对萨特晚年生活和创作情况的一部回忆录，将于12月份出版，其中附有她与萨特在1975年的长篇谈话，那次谈话是根据录音整理的，最近，她就是为赶阅这本书的校样而搞得很疲倦。至于将来的创作计划，现在暂时没有。关于她的生活和兴趣，她说她经常到北欧旅行，几乎每年都在罗马度过夏天，在巴黎时，常出去看看电影，对意大利电影颇感兴趣等。

半个多月后，巴黎文坛发生了一件引人注目的大事：西蒙娜·德·波伏瓦的回忆录《永别的仪式》出版了，厚厚一大册，正如她告诉我的那样，前半是她对萨特晚年生活的回忆，后半是她与萨特谈话的记录。那次谈话，几乎是他们两人有意对他们大半辈子共同生活的回顾，它清楚地表明，这两个人不可分割。这是一本带有应战性的书，是对在巴黎流传的关于他们两人关系的某些说法的一种回答。

一位70多岁的老太太住在巴黎市中心的一幢公寓里，围绕着她的有丰富的色彩，但她孤单地住在那里。每天，可能有一个做临时工的女仆来替她收拾房间、烧饭做菜。在这个世界上，还有什么东西对她来说是最宝贵、最亲切的呢？该是对躺在蒙巴那斯公墓墙脚下的那个人的回忆。

"怎么可以剥夺掉她最宝贵、最亲切的东西呢？"

当我收到西蒙娜·德·波伏瓦赠给我的她那本新作《永别的仪式》时，我这样想。

1981年12月于巴黎

塞利纳的"城堡"与"圆桌骑士"
——在塞利纳故居

汽车沿着塞纳河而行，靠岸的这边房屋愈来愈稀少，大片的绿阴却愈来愈浓密，已是郊区的宁静景象。车行不过五分钟，哥达尔先生突然把方向盘一转，我们从本来就相当狭窄的公路又进入了斜坡上一条勉强容得下一辆小车的小径，在一幢两层楼的房屋前停了下来。

周围的一切，就像是塞利纳那一身衣服，那身式样既难看又破旧的衣服。小径和地面没有打扫，院落里灌木与杂草恣意丛生，一派萧条、荒野的气象。整幢房屋秃立在斜坡上，又老又旧，呈灰暗色，看来已年久失修，即使修整一新，它也不见得好看，它只给两旁让出了狭窄可怜的通道，显得比例失调，给人以压抑与紧促的感觉，而它本身的结构一眼看去就是简单式的，毫无法国建筑的精致可言。是的，就像他那身衣服，不仅是不整洁的问题，而且式样看起来也使人有点感到别扭：那件怪里怪气的打了补丁的毛线衣，那条宽松拖沓过分的裤子和那双笨重难看的鞋。的确，我每次在不同的书里看到他这身装扮的照片时，都感到有点别扭……

这就是塞利纳著名的墨东故居给我的第一印象。

1981年，我第一次访问巴黎时，塞利纳的小说集正收入了"七星丛书"，这意味着塞利纳进入了法国文学经典作家的行列。本来，他的文学地位早在20世纪30年代《茫茫黑夜漫游》出版时就已经奠定了，只是，由于他被认为在第二次世界大战德国占领法国的期间"有问题"，战后，在法国他竟成了一个"黑人"，大有从文学史中消失的危险。对于这样一个在法国仍有争议的作家，当然还谈不上在中国加以介绍的问题。然而，当我读到了《茫茫黑夜漫游》的若干章节，了解了它的全部内容后，我就形成了这样一个看法：撇开它重要的文学价值不谈，即使从严格意义的社会主义政治要求来说，如果对这样一部以激愤的态度来描写资本主义社会现实的作品采取摒拒的态度，那就未免"有眼无珠"了。因此，1985年我在拟定"法国20世纪文学丛书"选题的时候，把这部小说列入了计划，并请老友沈志明君尽快地把它译出来。于是，在我第二次动身来巴黎前不久，《茫茫黑夜漫游》作为"法国20世纪文学丛书"第二批书的第二种出版了。定居巴黎的志明君得知此书出版的消息后，欣喜之余，建议并希望我到巴黎对塞利纳的遗孀进行一次访问。

抵达巴黎的第二天,在弗纳克书店里,看到有塞利纳传记出售,我感受到这里的气温对塞利纳来说不那么寒冷了。也正是在那本书上,我第一次看到这位遗孀的多幅照片:那真是一位美妙绝伦的女子,除了额头过高,有点像个女智者外,容貌、风姿均柔媚非凡。她是一个芭蕾舞演员,21岁时开始与塞利纳共同生活。在他近旁,她那么年轻、漂亮,着装入时,而他已经满脸皱纹,一派老相,胡子拉碴的,穿着那身式样既难看又不整洁的衣服……他站在门外等着她,她正一边把门带上,一边活泼而高兴地对他讲着什么,他们显然要一道出门或者上街。两人之间充满一种轻快和谐的气氛……从他们相识以后,她从没有离开过他,即使是在战后,他被监禁、被判刑的日子里……一直到后来她作为遗孀仍在守护着他的亡灵。

这次访问,很快就由两位塞利纳研究专家替我安排好了,一位是法国当今文学研究界新星亨利·哥达尔先生,他是"七星丛书"中塞利纳小说集的主编,另一位则是志明君,他不仅是《茫茫黑夜漫游》的译者,而且是我主编的另一套"法国现代当代文学研究资料丛刊"中《塞利纳研究》一书的编选者。他在巴黎潜心致力于此书,与哥达尔先生、塞利纳夫人经常有来往。

  我所见到的有关书籍上，墨东故居的照片甚少，因此，我关心的第一件事是按照我自己选择的角度拍几张照片。哥达尔先生带我们出发的时候，已是七点多钟了，虽然夏天夜幕降临得迟，但我在车上仍不免担心光线问题，因此，一下车就急于趁还没有开始暗淡的天色拍几张照片。我们的到来，屋里的人一定从玻璃墙后面看得一清二楚，立刻，从里面跑出来一位身材修长、一头白发、身手矫健轻捷的先生，后面跟随两条高大、粗壮得像小牛犊的黑狗，大声向我们狂吠。这位先生一方面用特殊的语言使这两位忠诚的卫士明白来的是宾客，制止了它们不礼貌的行为，一方面因见我在拍照，就热心地指着屋房第一层靠右边的那面玻璃窗，告诉我："塞利纳就逝世在那间房子里。"然后，又主动邀我沿屋旁的小径往斜坡上爬，说："从屋后的高坡上，可以拍到塞纳河的景致。"两位塞利纳专家也鼓励我往上去，志明君告诉我：这位先生是塞利纳夫人家的常客，他年轻时与塞利纳夫人同在芭蕾舞蹈学校，现在是法国国家歌舞剧院的教练。

  我随着这位虽上了年纪，但步履轻捷的先生向上走，小径狭窄得可怜，上面还有不少那两位黑色卫士的排遗物，旁边是杂草、青苔。屋后，有一个大平台，从这里可以俯视稍下的那幢房屋，而远处就是塞纳河。这个平台如加以修整，可是一个幽静美好的处所。环绕它的是绿葱葱的树木，可惜这里一片荒凉，又脏、又乱，堆了一些破烂的家具与无用杂物，我几乎是出于对那位热心肠

与哥达尔教授（右一）在塞利纳故居前

先生的礼貌，拍了一张照片，就往回走，在沿小径而下的时候，才注意到这幢屋子后半截是一个四面墙都是玻璃的长方形大厅，志明君告诉我，这原来是塞利纳夫人练舞的地方。同样，这里也满是灰尘，到处散乱着一些旧书、破报纸。这时，我就预感到，我即将进去拜访的屋子是什么样子……这

是一个似乎已经被完全废弃的地方，由于得不到人们的关心与照料而一片破落。

从那长方形的玻璃大厅里进入这幢房屋的正室，眼前的景象，果然不出我的预料。

这房子很大，看来，整个一层平均划分成了大面积的这样两间房，另一间就是塞利纳去世的地方。虽然有两扇像门一样大的窗户，但房间里并不明亮，窗外浓郁的树阴、室内深色的幔帘与家具，还有窗前两大盆深绿色的热带植物，都使屋里显得相当阴暗。房间是够大的了，但家具、摆设、用品杂然地充塞着，一片零乱。房间中央是一张长大的沙发，式样和达维特画中雷卡米叶夫人斜靠着的那张横榻颇为相像。女主人公就坐在上面，双腿盖着深红色的毯子，戴着一副深茶色的眼镜。显然，她行动不便，眼睛也有毛病，这房间看来既是她的起居室，也是她的会客室与餐室，因此，房间里才杂乱地充塞着桌椅、茶几、沙发、电视、收录机、器皿、杯盏、饮料以及书籍……

女主人当然已不再是我在书上所见到过的那样了，她现在已经进入风烛残年的阶段，她身上的两个明显的残疾，叫她在待客的那天晚上，也未能从那个沙发榻上起身一步，只是从她有力的两臂与颈脖，还看得出她当年的矫健，显然是因为我带来了塞利纳的代表作在中国出版的好消息以及中译本，她才组织了这天晚上的聚会。参加者除了她这个家庭的多年好友瑟尔日·贝洛夫妇外，就是两位塞利纳专家：哥达尔先生与志明君。另外还有一个重要的客人，那就是法朗士瓦·吉波尔先生，他是巴黎一位颇有地位的律师兼教授，代理有关塞利纳版权与遗孀权益的全部业务，他同时也是塞利纳研究的权威，担任法国塞利纳研究会的主席。

客人一聚集起来，丰盛的晚餐就端上来了。这似乎是一次塞利纳专题的"学术性"聚会，每一个参加者都与塞利纳有关，聚会的主题基本上都集中在塞利纳身上，不是庆祝塞利纳完成了中国之旅，就是对塞利纳进行缅怀与评说。如果大家在这个晚上放弃了不少谈论其他话题的乐趣，也牺牲了若干对美食的专心享受，那么不能不说是出于对我这个来访者的照顾，我一开始手里拿着笔与笔记本的那种姿势，清楚地说明了我来墨东的主要兴趣，甚至可说是唯一兴趣。而他们，不仅对我的兴趣与意愿有充分的理解，而且无一不以满足我的意愿为乐事，就像一个个儿童向别人展示自己最宝贵的珍品那样，怀着天真而兴奋的热情。

夫人总有夫人的角度与方式："海克托的遗孀要守护丈夫的遗产，更要守护丈夫的名声与威望。"第二次世界大战结束以后，塞利纳夫人没有少见到夫君被追逐、被谴责、被批评的经历，她知道针对那些把塞利纳一笔否定的舆论所可能有的影响，针对公正的人们内心中对这个文学奇才仍可能有的道义上的怀疑，自己该说些什么，她向我证实塞利纳作为一个普通人的内在价值与人格力量："他这个人很朴实、很勤劳，是一个名副其实的劳动者，不论是写作还是行医。他写作得很艰苦，一个句子要改上十来遍，写一本书，稿本要变动一二十次，甚至三四十次，最后，手稿有几十袋之多。他在第一次世界大战中，右臂受了伤，他还有耳鸣、牙痛的毛病，经常不能入眠，即使大量吃安眠药，也只能小睡一会儿，有时甚至不能平躺，只能坐着闭目休息，他常在这种情况下，坚持写作，每天早晨六点钟就开始。"

有的作家写作像唱歌一样轻松愉快，有的作家则像花样滑冰一样顺当流畅。我这样想。塞利纳显然不属于这类天之骄子，主要原因恐怕不在于他青年时期是在艰苦的医学专业教育中度过的，很迟才开始写作，而是在于他没有那种一泻千里的笔头，何况，他总是追求每一个句子的独特，每一个形象的独特，这种写作是没法利用程式化的表述法这一双滑冰鞋而一泻千里的……不论是什么写作，有失眠加耳鸣，再加牙痛，那种滋味是难以承受的，难怪他一脸憔悴，一脸皱纹……就像罗丹博物馆院子里那个手攒着拳头顶着下巴在殚思竭虑、全身肌肉都绷得紧紧的人，这个青铜的劳作者，令我不由得产生了几分敬意……

塞利纳夫人继续她的回顾。向我介绍那个早在1924年就获得了医学博士的塞利纳大夫："他总以医生的身份出现在社会上，他在内科、儿科、传染科都行过医，受国际医学组织的派遣，到过世界上很多国家，其中包括很容易得上致命传染病的非洲地区。在国内，他经常免费给人看病，他自己有一句名言：给富人看病要收钱，是当差；给穷人看病要收钱，是混蛋。他很喜欢接触下层人，劳动者，工人以及他的同行，作为普通人与他们相处。他是一个非常敏感的人，同时很内向，从不急于把自己的内心感情表露出来，因此，使人觉得很难与他接近，甚至，他真正感情不流露，讲出来的话倒是常使人产生错觉。"

如果我没有理解错的话，夫人是想说明塞利纳有一个外冷内热的性格，在他不近情理的外表下，实际上有着善心与温情。我想，这种反差何尝不是也存在于他的创作之中？在他那些愤世嫉俗、玩世不恭、自我作践的后面，何尝没有对真、善、美的向往？在这里似乎可以说，塞利纳夫人指出了塞利纳身上足已解释很多问题的一个重要的基因：反差性。

同时，她也指出了这个人身上的某种人格力量，要知道，他于1932年以《茫茫黑夜漫游》一举成名，享誉世界，可谓巴黎上流社会一闻人了，但他仍然能保持亲近社会下层的平民意识与平民风度，虽说并非绝无仅有者，至少也是很难能可贵了。

讲起她与塞利纳，夫人说："21岁认识他，同居了7年，他的感情生活并不稳定，他并不想结婚。有一天，他忽然对我说：我们还是结婚的好。于是就履行了一个手续，什么庆祝活动也没有，若无其事。""跟他在一起生活并不容易，你不能打扰他的工作，只能你干你的，他干他的，他需要一个同样有事业心、同样勤劳的伙伴。我对他的主要影响就是芭蕾舞，他看我们练舞一坐就是好几个小时。从我21岁以来，几十年风风雨雨过去了，现在我最高兴的事就是，塞利纳的书不断有人在读。"关于芭蕾舞，后来哥达尔先生告诉我：塞利纳很喜欢舞蹈，特别是往上跳的动作较多的芭蕾舞，因为他认为舞蹈克服人自身的重量，轻盈向上，人太沉重了，需要向上，可见他有一种很强烈的向往向上的精神。

不能与瑟尔日·贝洛先生失之交臂。他和蔼可亲，平易近人，晚餐前后，他与他的夫人不停地帮忙张罗，一看就是这个家庭两个最最亲密可靠的朋友，他很高兴有人征求他对塞利纳的看法与意见，他谈得充满了感情："塞利纳很有同情心、怜悯心，是一个在善良人面前可以下跪的人。凡是真诚的人和他交往，立刻就会喜欢他。他对人的真诚性要求很高，他对空话、大话、感情交易都很反感，你站在他面前，是无法装腔作假的。他是一个对社会、对世人充满恼怒的人，但不是一个充满仇恨的人。"

我觉得贝洛先生对塞利纳的这些看法很有意思，显然都是长期就近观察的结果，不是亲近的朋友是道不出来的，特别是他关于"恼怒"而非"仇恨"的见地，实在是相当深刻。

"我想，他可能像莫里哀笔下那个愤世嫉俗的人吧。"我插了一句话，表示我对他这个概括的理解。

"您说得对，正是。"贝洛先生说，接着贝洛先生还针对世人在政治上对塞利纳的谴责，提供了作为老朋友所了解的实情："他在德国占领期间，并没有替德国人做任何具体的事，没有参加过任何政治活动与文化活动，他倒是掩护过抵抗运动的人士。当时，有这么一件事：法国当局要派我去德国做事，我想逃走，塞利纳劝我不必这么做，他说，巴黎最能藏人。后来，我就藏在他一个画家好朋友的家里，就在蒙马特闹市。除了这次外，塞利纳还藏过抗战分子，可能还是法共地下组织的人。"

在这次聚会中，法朗士瓦·吉波尔先生是一个很引人注目的人物，他讲究的服装与高雅的风度，与在场的其他人随随便便的衣着，特别是与塞利纳故居这一片零乱陈旧的景象形成对照。一看他就是一个常在上流社会，高层次场合出头露面的人，气度不凡。在巴黎，作为一个高级律师已经很有地位了，而且，他还是一个学者、作家，在"书架上向世人招手"的人。从他的谈话中，我没有感觉到他与塞利纳曾经有过私交，但他领导着法国的塞利纳研究会，显然，在塞利纳学中是举足轻重的一人了。他还著有三卷本《塞利纳传》，这是迄今为止，最有权威性的一部叙述塞利纳生平的著作。

关于《塞利纳传》，因为他一开始就答应我，他将赠送我一部。所以，他谈得并不多，只告诉我说，这是在法国出版的第一部大型的塞利纳传记，他写这部传记得到塞利纳所有的亲人与朋友的支持，他们都把自己保存的照片与信件提供给他，使得这部传记的资料极为丰富，引证很多。当然，这些资料都是第一次发表的。"以后出版的新的塞利纳传记，在材料上都没有超出我的这一本，这是一部英美式的传记论著，追求客观性、科学性，不带任何感情色彩。"

关于塞利纳研究会，他介绍说，这个学会有70个成员，都是作家、教授与塞利纳研究的专家、学者,每两年举行一次国际性会议,当年是在伦敦,过去在美国与加拿大都开过会,每次会议后都出版专刊。现在,不仅在法国,而且在美国、英国、加拿大、荷兰、澳大利亚都有研究塞利纳的学术活动,对塞利纳的评价也愈来愈高。但一接触到第二次世界大战,对他持批评态度的人还是有的。他们的批评带有感情色彩,总的来说,对塞利纳的研究,近几年有很快的发展。

至于另一个塞利纳研究权威,哥达尔先生,因为时间不早了,我们未及交谈,但我们约定了另外的时间专门讨论塞利纳。

十几天以后,我收到了吉波尔先生托人送来的《塞利纳传》。他在每一卷上都很客气地给我写了题词,其一:"致法国文学的一位杰出的鉴赏家、捍卫者";其二:"纪念塞利纳墨东故居的一次难忘的聚会";其三:"热烈地致以敬意与友情"。

这部传记,厚厚的三大卷,1985年出版,内容的确极为丰富,引证很多。从这里,我看到了一个聪慧活泼的儿童,一个风度翩翩的少年,一个锐气十足的青年,一个意气风发的中年人,一个从列宁格勒领取了《茫茫黑夜漫游》一书版税后回国的体面的塞利纳,直到最后,那穿着破旧、满脸胡子荙的潦倒者……他在第二次世界大战期间，并没有做任何坏事、恶事、卑劣的事、下贱的事，但他战前所发表的有反犹倾向（啊，犹太人问题是一个多么复杂的问题）的文章，客观上，的确有恶劣的影响，他有明显的失误，一个思想者的失误，他为此付出了沉重的代价，也许是过于沉重了，以至在法国几乎任何一本讲20世纪文学的书籍中，所刊用的都是他那张衣着不整、满脸憔悴、胡子拉碴的头像……

1961年，他在这幢楼房去世的时候，也许守护在他床前的就是刚才我所见到的这几个人。在从墨东回来的路上，我这样想。亚瑟王有自己的城堡和忠于自己的圆桌骑士。这幢房子就是他的城堡，这几个人就是他的"圆桌骑士"，这是他遗留下来仅存的他最亲切的东西。要知道，他当时的名声还没有恢复……再过些年，这幢房子将更破旧凄凉，这天晚上的这些人，也都会衰老、更衰老……就像过去任何一座城堡和其中的圆桌骑士一样……

只不过，他当年离开这个世界时，守护在他床前的，肯定不包括哥达尔先生，那时，他也许还没有进大学，更没有开始他的塞利纳研究。而今，他主编了"七星丛书"中《塞利纳小说作品集》，并撰写了高质量的序言，是法国塞利纳学的一个年轻的权威……

事隔几年，上海又一家出版社以重金向国外购得《茫茫黑夜漫游》的版权，并翻译出版，塞利纳这部代表作，在中国又有了第二个译本！

谁说塞利纳身后一片萧条？

1997年10月追记

"兄弟我……"
——纪念北大校长马寅初

随着今年"五四"的临近,各界庆祝"北大一百周年"的气氛愈来愈浓,关于北大往事的书出了不止一本,有的刊物上开辟了"北大人专访"的栏目,老同学、老朋友之间通电话,少不了要互告母校将举行盛大规模的纪念会,凡北大毕业的,都收到了邀请函,等等。

我虽然未忘母校教养之恩,但并没有多大的"恋母情结"。在这一片热闹的气氛中,我仍然按照已有的惯性,忙于自己"该干的活",一时还没有酝酿出缅怀情绪,险些把邀请信的事也给忘掉了。

前几天,从外地参加了一个会议回到北京,夜晚打开电视,偶然碰上一个比较"冷清"的频道正在放一个电视连续剧,初入我耳的一句台词"马老,马老……"一下就把我吸引住了,使我没有立即把它关掉,电视剧演的是北大老校长马寅初先生的事。于是,我一口气看完了这晚的两集,然后，第二天又看完了最后两集，前四集放映时，我因为在外地，则没有看上。

说实话，我平时对传记电视连续剧没有兴趣，这一部电视剧又拍得有些简陋，但我，却破例地把它看了下来，原因很简单，仅仅因为它讲的是马老，我所看到的四集，正是讲他的"新人口论"遭到批判后的晚年生活。这部电视剧不仅吸引住了我，还使我颇有些激动，产生了对马老、对母校深深的怀念之情，以至不得不放下手头的工作，想写几行文字。

其实，我与马老连一面之缘也没有，在北大当学生时，只是有那么几次远远地看见他在主席台上。记得在开学典礼上，我们学生们最大的愿望就是想看清楚这位中外闻名的经济学家、北大的第一号学术权威。要知道，青年学子的第一崇拜，从来都是学术权威崇拜。翘首遥望，但见他秃头发亮，矮矮墩墩的，非常结实，如果今天要作个比喻的话，可以说有点像枚炮弹，和我想像中儒雅而又洋派的学者形象大不一样。他一上来声如洪钟："今天，兄弟我向诸位表示欢迎……"那天他讲得很短，但讲了些什么，我现在已经记不清了，别的校领导的长篇报告讲了什么更记不清了，但马老那特别的自称"兄弟我"却从此深深印在我的脑海里。当时咋听，我就一愣，我辈刚在中学里饱受熏陶，满脑子里都是

"毛选语言""解放腔",难免不觉得这个自称是典型的"旧时代语言",与开学典礼上浓浓的政治气氛颇不一致,甚至有那么一点"江湖气"。但随着年龄的增长、脑袋的开窍,我倒愈来愈体味出"兄弟我"这个别具一格的自称,特别令人有清新之感,它不在乎语言时尚,不在乎环境场合,不在乎礼仪规范,它平易近人,给人以亲切感、亲和感,虽然只是这么一个自称,倒充分表现出了马老那种我行我素,不流俗附和的风度。

在北大期间,我们学生没有多少机会见到马老,校园里碰不到他,只知道他住在燕南园校领导住宅区,全校性的大会也很少见校长出来讲话,每次大会,党委书记长篇的报告时间还不够用呢!只有一两次有他出席讲话,他没讲半句政治大道理,也不谈学术问题,而是大谈他如何坚持爬山,风雨无阻,如何坚持冷水淋浴,冬天也不间断,语言仍然是典型马式的:"今天,兄弟我向诸位介绍点健身经验……"另有一次,是陈毅元帅来向全校师生作外交报告,大会是由马老主持的,他只讲了两三句开场白,特别简单痛快。

回想起来,那时的马老之于我们学生,就像是云端里的神,他如果来到你面前,一定是很慈祥、很随和的,但他没有多少机会走下云端来,学校里大大小小的事,都是党委书记、教务长出面,用今天比较通俗的话来说,他是"不管事的",只是"名誉性的"。虽然我们很少听到他的讲话,他每次讲话又都很短,但在每次讲话中"兄弟我""诸位"两词出现的频率还是蛮高的,我愈到后来,愈觉得它们出自马老之口,有一种独特的风格力量,形成了一种启迪,如果我这一辈子也曾有过一次两次"我行我素"的话,我得感谢"兄弟我"对我最早的潜移默化。

1957年从北大毕业之后,我忙于对付自己的"职业要求",很少注意马老的消息。后来听说他的《新人口论》遭到了严厉批判,又听说他被免去了北大校长的职务,还搬出了北大,住在东总布胡同一个有扇红色单开门的宅院里。这个具体过程,当然是我辈不可能了解的。东总布胡同就在我工作单位的附近,每当我从那扇红门前走过时,总不免产生一缕思念:那矮墩结实的老人正在家里干什么?

前几天,从电视剧里我总算了解到,《新人口论》遭到泰山压顶式的批判后,他仍坚持自己的立论,拒不认错,即使有多年老友、政界名流、党国要人纷纷以"大局为重""权宜之计"等等的理由,劝他交一纸检讨了事……

在狂热迷乱的年代里,从北大燕南园里产生的《新人口论》提出了中国人口过剩危机的问题,大声疾呼要控制人口的增长,这是20世纪下半叶中国思想史、经济史上的一道巨大的灵光，是北大近半个世纪历史上的光荣与骄傲。它关系到全中国的国民生计。如果当时虚心听取它的声音，今天中国人的日子要好过一些，中华民族的包袱远不会像今天这样沉重。它作为科学真理，像神谕一样不可抗拒，对它的轻侮与践踏已经招致了严厉的惩罚。它象征着北大科学精神与人文精神的力量所在，作用所在，对它的"批判"，是横加给北大科学精神与人文精神的屈辱。

我感到可惜的是，《马寅初》这样一部电视剧，被放在《午夜剧场》里，几乎是无声无息就被放映了。也许安排节目的官员是以这部电视剧制作得比较简陋为由的。但是，在电视传记片成堆的今天，为什么这部电视剧偏偏是"少投入""小制作"呢，它讲的是一个关系到中华民族命运的大问题呀！可是它仅仅是浙江一个县张罗出来的，最后由一家省电视台出面。

在北大校庆之际，这是我感到的一个遗憾。

这篇感言收笔之时，从报上看到一则某出版社"推出北大校庆图书"的消息，消息列举一大堆书目，其中唯独没有一本有关马老的书。我不禁感到又一个遗憾！

1998年6月

梁宗岱的药酒

今年是梁宗岱先生诞辰100周年。

他是我的老前辈,比我长30多岁。建国后,他在广州当教授,而我上完北大后一直在北京工作,按说,我是无缘与他相见相识的,但由于一次特定的机遇,我却有幸与他有过一点交往。

1978年11月,全国外国文学工作会议在广州召开。那不仅是"四人帮"垮台后全国第一次这种性质这种主题的会议,而且建国后就从无先例。那次会上有意识形态部门高层领导的大力支持,又有像"翰林院"这样的国家重点单位出面张罗,官费富足,经济基础坚实,会议的议题又是如此重大而激动人心:总结建国后30年的外国文学工作,讨论今后的发展大计,并成立全国外国文学学会。硬件软件一一具备,岂能不开成一个空前的盛会?

作为盛会,它聚集了半个世纪以来中国学术文化界中从事外国文化工作的名家、"大儒":冯至、朱光潜、季羡林、杨宪益、叶君健、卞之琳、李健吾、罗大冈、伍蠡甫、赵萝蕤、金克木、戈宝权、杨周翰、李赋宁、草婴、辛未艾、赵瑞洪、蒋路、楼适夷、缘原、王佐良，等等。还有一些文化出版界的权威人士，如吴岩、孙绳武；人文学科学研究有关的大学校长，如吴甫恒。以及一大批来自各研究机构、各大学院校、各文化单位的骨干精英与负责人。名流云集，济济一堂，高朋满座，竟有200多人，就其名家聚集的密度而言，大概仅次于中国作家代表大会。而意识形态领域里的周杨、梅朵、姜椿芳等人的参加，又增加了会议的官方色彩。

在这一片繁星闪烁之中，梁宗岱先生是其中格外引人注目的一个，尽管他从建国后在学术文化上就没有什么"大动作""大声响"，甚至可以说是相当沉寂。但大家都知道早在上世纪30年代，他就已经留下了不可磨灭的业绩，他精湛的译诗技艺、才华横溢的文学评论、雅美而灵致的诗章早已享誉中国文化界。

那时，我40多岁，在学术权威如云、延安鲁艺老革命战士成班成排的本单位，我们这种年纪的都被称为"年轻人"，意指"在思想上、业务上尚不成熟"也。我是作为"壮劳力"来参加广州会的，一是要承当在全体大会上作一个重点发言的任务（这就是后来令一些"庙宇人士"侧目而视、怒目而视的那篇批评日丹诺夫论断的报告），二是在小组中当会议记录，会后再加以整理。因此，能自己支配的"业余"时间甚为有限，不可能较多地趋近与会的名流讨教。但我把我"业余"时间的大部分都用来"走近梁宗岱"，毕竟在我本人这个学科专业中，他是资格最老、技艺最精湛的一位大师，是我敬仰已久的一位前辈。

梁宗岱很好接近。他不摆出文化名家的派头，他不端

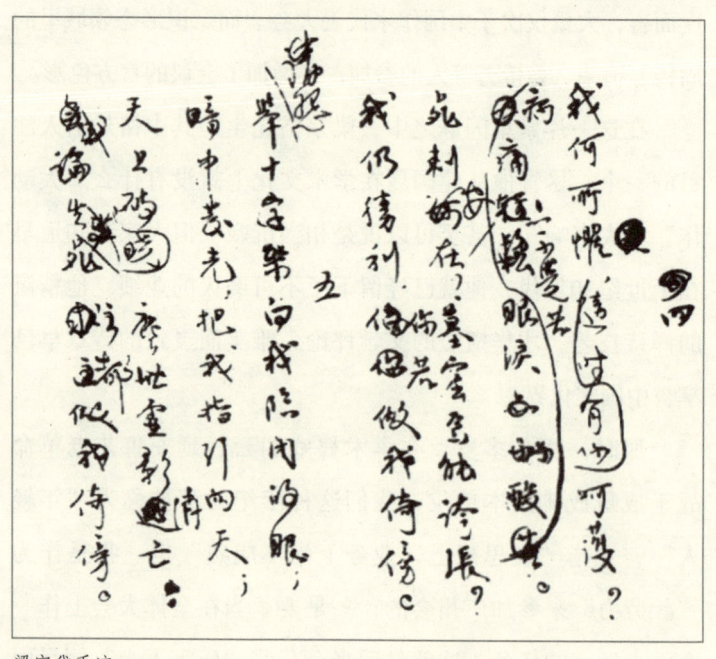

梁宗岱手迹

着学者名人的架子,更不像那种以"学界霸主"自命的人满脸威严逼人,不像那种自认才学盖世的人全身傲气,叫人感到骨子里发冷。他长得人高马大,嗓门粗,像个豪爽的东北佬,大大咧咧的,平易近人。按说,他跟我这样一个学界晚辈素不相识,差距甚大,广州会议期间两人又不同在一个小组,更无人向他引见我,是我自己主动"凑上去"的,他满可以只敷衍几句,但他却非常亲切、平和、热情,主动营造出一种"一见如故"甚至是"自来熟"的氛围,使你感到很是自在。他谈兴很高,说起话来似乎毫无遮拦,饮食、起居、健康之道、生活常识……无所不谈,特别是关于他的制药技艺与他的"药酒"更是谈个没完没了,有时会议间隙在过道碰见时,他还主动跟你说道说道。

他自称,他正在全身心致力于中医中药研究,致力于研制能治百病的药剂与药酒,并已经取得了相当大的成功……中药中医本来就是一个大领域一个大学问,谈起来还有个完吗?何况他是个心智丰富的人,在实践中又有那么多的心得与体会,进展与经验。他的话匣子一打开,你就洗耳恭听吧,他讲起来那么热情、那么专注、那么天真,天真得像一个迷恋某种游戏的"老顽童"。别说需要你插话接茬,增加他的谈兴,即使你想把他的话匣子关掉,也很难做到。

他如此善谈，可是，他偏偏不谈文化与学术，不谈会上讨论的那些外国文学问题：经验与现状、前景与道路等等。总之，言不及义，言不及这个学界、这个行当的"义"。

说实话，像我这样的后学，之所以怀着景仰之情接近他，是想从他那里闻一点本专业治学之道，在评研与译介的真谛上获若干启迪，拾些牙慧，还想得知一些学界、文坛过去的珍贵逸事。然而他却绝口不谈这些。当你问及请教时，他也予以回避，似乎已经横下了这样一个决心"好汉不提当年勇"。因此，在广州会议期间，我虽然走近了梁宗岱，直面了梁宗岱，真可谓近在咫尺，但实际上他却隔我很远很远。他大讲特讲的药剂与药酒，我不大懂，实在也不感兴趣，只是出于礼貌，装出一副倾听受益的样子，而我想谈、想知道的，他又绝对没有兴趣去谈。于是，在学子后进的面前，那个在文化学术领域里实实在在的梁宗岱不见了，面前只有一个乐呵呵、和蔼可亲的制药老汉，一个陌生的梁老头，从他身上，你看不见当年他游学欧洲的潇洒身影，看不见他与罗曼·罗兰、瓦莱里等法兰西文化大师"称兄道弟"、平等交往的痕迹，察觉不到他译象征主义名篇《水仙辞》的那种出神入化的功力，以及他把文学评论文章写得那样潇洒而富于文采的本领……

不过，他也偶尔有"老夫聊发少年狂"的时候，那就是在会议期间，他把自己的情诗出示给走近他的年轻人传阅。我记得是一些旧体诗，有一部分是填的词，誊写在红格稿纸上，纸已经相当旧了，显然是压在抽屉已经有好久。我当时正忙于俗务，诗稿又只能在我手上传阅几个小时，因此，只来得及粗读了一读，如今只记得内容缠绵婉约，颇有李商隐之风，而如梦似幻的意境则又使人感到有象征主义的韵味。

> 送给梁宗岱先生的书，我喜欢他的开放而带有文采的思想。
>
> 保罗·梵乐希

梵乐希赠梁宗岱《太司提先生》题词，印章为梁宗岱所赠

那次盛会，全体大会上的学术发言，只安排了三个人，将近一周的会议都是以小组讨论的形式进行。我和梁先生不是同一个小组，一直未听到他的发言，但听其他组的人说，

梁先生在小组会上也几乎不发言，绝不对文学问题、文化问题发表意见。这一切使我当时就形成了很明确的印象：在这次会议上，梁先生大有超脱出世，看破红尘的味道。如果当时我还有些不理解的话，后来我就理解了，梁先生在文化大革命中不止一次遭到毒打，他辛辛苦苦译出的莎士比亚十四行诗与《浮士德》第一部的译稿，竟被毁于一旦。一个身心遭受此沉重打击的七旬老人，伤痛哪能迅速痊愈？哪能在"四人帮"垮台后不久的那次盛会上就满腔热情地讨论外国文学工作的发展大计？及至我自己的经验有长，吃了一堑之后，就更感到梁先生真可谓是"老马识途"了，因为我自己不知深浅在全体大会上作了一个长篇发言，大批日丹诺夫论断，对西方20世纪文学进行重新评价，而事隔不久，麻烦就来了，在第二次全国外国文学工作的会上，我就被扣上了这样一顶小帽子："批判日丹诺夫就是要搞臭马列主义"。

在药酒问题上，虽然我在天真的梁老头面前应声附和与表示钦佩的话都是言不由衷的，但他却以一片赤诚待我，他见我有些"少白头"，就主动询问我的睡眠情况，着重介绍了他的药酒对神经衰弱有奇效，还曾邀我去他家中去看他的"制药作坊"，但我没有想办法抽出时间去看。会议结束告别时，他又送了我一大瓶"药酒"，叮嘱我服完后还可以写信去要。那其实是一瓶咖啡色的汤药,但放了酒,据他说是为了保鲜防腐。我尝的时候,觉得其味甘苦,口感很好。

据说,梁宗岱的药剂药酒研究始于40年代中期,这似乎是他偶尔为之的"采菊东篱下",他专心致力于斯,显然是他文化大革命后的晚年。他在广州会议后五年就去世了,因此,我见到的可说是"药酒时期"的梁宗岱。

最近,中央编译出版社出版了多卷本《梁宗岱文集》,收入的作品都是常绿常青的,具有持久文化价值与艺术生命。虽然梁宗岱在晚年绝口不谈论自己的文学作为,但世人还是要谈论他的,长久地、长久地谈论他的业绩,后人无法取代的业绩。

2003年9月5日于怀柔一庄

记忆中的冯至先生

从严格意义上来说，我不能算是冯至先生的学生。我在北大学的不是他那个专业，我没有听过他一堂课，他的三大绝学：德国文学译介、杜甫研究与抒情诗创作，我都沾不上边，甚至知之颇少。

从真正的意义上来说，我又的确是冯至先生的学生。我一进北大西语系，他就是我们的系主任，我出了校门，分配到研究所工作，他不久也调离了北大，来到了中国的"翰林院"，当研究所所长，从上世纪60年代到90年代他去世，他一直担任此职，是我个人科研工作的直接领导者。何况，在"十年浩劫"中，我还亲耳听人告诉我，他曾在一个公开场合正式说过，我是他的"学生"，如果告诉我的人没有"添油加醋"、投我所好的话，还说他所器重的两个"北大学生"中，其中一个便是……（还是来点"间离效果"较好）

一

在北大时，系主任一个学年与全系同学大概只正式见一两次，那都是在典礼上与重要活动上，不外是讲讲话。冯先生的讲话，给人的印象是极为深刻的，当年西语系的学生，恐怕今天还能记得起来。他并不善于演讲，从不长篇大论，也没有什么"起承转合""布局谋篇"，更没有抒情、煽情之类的词句与表达方式，看不出是鲁迅所赞赏的"中国最杰出的抒情诗人"。他讲的都是一般性的道理，都是常理常情，甚至是一般人的老生常谈，他绝不追求个性的表述与发挥。作为一个新中国的系主任，他对学生进行训导时，能不只讲点一般性的道理吗？不过，他讲起来，却完全沉浸在这些人云亦云的道理之中，特别认真，特别真挚，似乎不是讲出来的，而是从内心流出来的，头还轻轻地晃动一下，似乎有点沉醉，加以他声音特别柔和，带有明显的颤音与感情色彩，有时还将有的片语、有的措词重复那么一下，不是在强调，而似乎是自己在体味、咀嚼，因此给人的印象好像是一个心善祥和的老奶奶在虔诚地诵经。同学们对此还是颇有好感的，至少觉得他没有丝毫道貌岸然、板起脸来训人的样子。正是在同学们这种普遍的亲切感中，西语系发生了这么一件事。

一次，系里开师生联欢会，那是在一幢古色古香教学楼的小礼堂里，气氛十分轻松热烈，是上世纪50年代初到50年代中那一个特定时期宽松大环境之典型产物。节目都是师生们自己的"玩意儿"，其中最使大家觉得有趣有味的，是一个相声节目，表演者是我们法文专业高年级的两个同学，其中那个主要的，是一个"猴精猴精"的青年，平时老穿一身港式服装，一说话却是一口京油子腔，而且特别能"贫"能"闹"，周身充满了喜剧气味，他们表演的节目就是模仿冯系主任对学生的一大段讲话。毕竟是学法兰西文化的学生，颇沾上了法国人"自由、平等"的调皮劲，又学得了一些西方的幽默情趣，段子编得十分有趣，逗笑却又"谑而不伤"，声调与动作的模仿则基于长期的观察，因此表演得惟妙惟肖，逗得大家笑声不断，多次鼓掌助兴。那个节目虽然内容与表演都不无夸张，但至今我觉得并无恶意与不敬，在我看来，就有点像丰子恺画爷爷奶奶辈人物的漫画，或者像顽皮的孙子爬上了爷爷的膝头去扯他的白胡子。冯至先生就坐在前排，看着眼前这一出喜剧，面上并无尴尬之色，倒是带着一个憨厚宽容的微笑，当然，因为不好意思而有一点面红耳赤。总之，这个场景充满了善意、平等、轻松、亲和的气氛，至今仍是我对北大西语系生活的最为美好的一次回忆。

学生们欣赏、系主任本人认可的事，"组织上"并不认可，要不然怎么是"组织上"呢？大概是从这件事嗅出了一些西方味，不久，"组织上"就不客气了，在一次全系大会上，正式对此事提出了严厉的批评，非常严厉，说这事不仅是蔑视师长、丑化师长的行为，而且也是无组织无纪律的行为，是接受了西方消极腐朽思想影响的结果。我记得，当时，冯至先生并未有任何表态。在我的理解与猜度里，他作为系主任不见得是支持"组织上"这么做，因为他肯定是丰子恺漫画的欣赏者，理解力与包容度绝对要比代表"组织上"的那几个人深许多、大许多。那几个人其实并非"老延安""老八路"，而都是西语系学生干部，因为1949年前参加过什么"外围组织"，而获得了"进步早""参加革命早"的资格，因此成为了"组织上"。西语系的方针大计似乎并不取决于系主任，而基本上都是由他们来拿主意的，因为他们才是"政委"。在我的记忆里，这次严厉整肃，使得西语系里自由宽松的气氛一扫而空，似乎是1957年那次大"反击"的前奏与预演。当时，在我这个不具有多少承受力的人看来，那个"猴精猴精"的同学肯定会倒上大霉，但那人却照样一身港式穿着，一身又贫又闹的喜剧劲，言行举止若无其事，只不过，后来听说他学习不努力，成绩不好，因此形象才大受贬损，逐渐淡出了大家的视线。

在北大期间，我对冯先生印象最为深刻的另一件事，则是在那著名的"1957年春夏之交"。其时也："帮助整风"的号召，放手的大鸣大放，北大学生"民主、自由"情结忘乎所以地膨胀，未名湖畔的"忽如一夜春风来，千树万树梨花开"，对"引蛇出洞"这样一个讳莫如深的棋局，大家都昏头昏脑。心里有底，本能有感者，恐怕只是少数"天才人物"或特殊钢材做成的人。那时，我们这班已经四年级，在西语系，醉醺醺得最厉害、闹腾得最欢、名堂也最多的，当数我们的老弟即三年级同学，什么"控诉会"啦，游行啦，还有把系领导请去听群众大鸣大放啦……冯至系主任被请去了。听说，在会上发生了这么一个场景：一个巧言善辩的高个子学生，在会上冲着系主任讲了一大段话，大意是，冯至先生过去一直是一个真诚的诗人，深得青年人的喜爱，是青年人的朋友，但他参加了组织之后，与青年人就疏远了，青年人再也听不到他真诚的声音，云云。这一席话，极尽煽情之能事，这是在朝你喊话呀，在向你倾诉，拿你说事，用你来论证某一个事理，而且是以全体"青年人"的名义，以真诚的名义，甚至是以诗的名义，诗人能无动于衷吗，能冷漠端坐，毫无反应吗？如果那样，那就不是冯至了。于是冯至接应了一声："我已经变成了一个Yesman了。"Yesman这个英文单词，本意是"唯唯诺诺的人""听话的人""千依百顺的人"，而在场有一个英文专业的讲师，却推波助澜、添油加醋地插上了一句："Yesman就是应声虫。"这一大篇讲词，这一声接应，这一句插话，成为了当时西语系的一个重大事件，很快就通过学生的大字报与墙报而传播到了全校，成为了轰动性的新闻。

我不知道后来冯至先生在党内作检讨时，是如何就此事"交代活思想""挖思想根源"的，我后来也从未听他提起过这件事。他当时在一念之间是怎么应了那么一声而"石破天惊"？也许是因为面对那个学生抱着"帮助党整风"的"热情"侃侃而谈，不忍心见他受到冷落寂寞而接应了一句，就是说因为心软了；也许是因为要显示出自己作为"导师"与青年人的亲近以及和青年人站在一起的勇气，既然那个学生在讲话里尊称他为"青年一代的导师"；也许是因为他作为系主任却事事都得听取"组织上"的意见，服从"组织上"的安排而的确积累下了一些心理上的不平衡感。总之，他蹦出了当时这么一句"名言"。一个字，一个字，就像一个石子，一个石子。

很快，风云突变。蛇既然已经出洞，接下来当然就是打蛇。上述会上的那个高个子学生与那个英文教师不久就倒了大霉。而冯至先生，则听说被组织上大大"批评教育"了一番，他被认为是"严重丧失了立场"，犯了"政治错误"。同学们都为他捏了一把汗，后来，听说他作了"深刻检讨"，而"组织上"考虑他是有名望的学者、有影响的诗人，最后也就"保护他过了关"。

"1957年的春夏之交"在中国大地上所留下的深深痕迹，对千万个人的命运，千万家庭的际遇所蒙上的浓重阴影，都是人神共知的。我就亲眼看见西语系好些有个性、有才华、有志向、有锐气的学子与教师，因为一时冲动、眩晕失衡而栽了大跟头，被打入"另册"，付出了过于沉重的代价，不少人断送了一辈子的前程，甚至是身家性命，不少人最后得以幸存也是在被整肃被折腾了二三十年之后。但更为深刻、更为隐蔽、更为不着痕迹的，是人们内心的变化、思维方式的变化、言行举止的变化，这种变化即使是在并未被当时的浪潮打湿脚的人身上亦在所难免，何况是差一点被卷进了浪潮的漩涡之中的人呢？我说不出冯至先生在那个"春夏之交"前后究竟有什么具体的变化，但我想，变化当是相当大的。至少我在以后三四十年的长时间里，在同一个单位日常的共事与就近观察中，没有像在短短大学几年极为有限的几次接近中那样，再见到那个师生联欢会上的冯至，大鸣大放会上的冯至。

二

大学毕业后，我很快就从一个西语系的学生成为了冯至的部下，做了两年的编辑翻译工作后，我被调进了高等院校文科教材编写组，具体是参加文学理论教科书的编写。此书的主编是著名美学家蔡仪同志，整个文学教材编写组的组长是冯至，而在冯至的上面，领导整个人文社会学科教材工作的则是时任中宣部副部长的周扬。周扬对冯至是非常推崇、非常倚重的，在多次会上都尊称他为"学贯中西的学问家"，态度与语气都十分客气，完全不像上级对下级。冯至的顶头上司是周扬，他是党内文艺理论、文艺评论的权威，对文艺学有自己一整套看法，其权威的地位自然又使他要把自己的看法与意见不折不扣地贯彻下去，但却又随政治风云的变化而经常有所"调整""变化"。而他下面具体负责编写工作的蔡仪，则是资深文艺理论家，其美学观严谨得没有任何周旋余地、容不下任何妥协折中的隙缝，两个人的意见容易格格不入是显而易见的。因此，一部文学理论教科书的提纲就上上下下、反反复复来回了一两年还没有定下来,冯至夹在周扬与蔡仪之间,可想而知,工作是相当难做的。他常来我们文学理论编写组开会或参加讨论,虽然全组不过十几个人,但他除了传达领导的审阅意见外,很少发表自己的意见与看法,倒是很专心地听取大家的讨论并仔细做笔记,即使要讲话,他也是内容简明、观点稳当、措词严谨、态度谦虚,从不高谈阔论,大肆发挥,谈笑风生,甚至可以说是不苟言笑的。看来,他首先把自己定位定格为学术领域里的"好党员""好党员干部"。

在我看来,那两三年对冯至先生来说,是他吸取了在西语系时的经验教训而重塑形象的时期,是他从一个党龄很短的"新党员",历练成一个高层学术官员的时期。这也很自然,很容易理解。在学术文化上,按时下的标准,他已经是"功成名就"了,即使是在新中国成立后的新时代,也充分获得了当局与社会的承认,但在另一个更为重要的方面,他却险而"摇摇欲坠",他必须在这方面小心翼翼,必须弥补自己的"弱项",他在文科教材工作岗位的那两三年,从发展来说,正好是他这种努力的开端,从工作性质来说,正好是他进行这种历练的"舞台"。

在文科教材编写组时，就已经有传闻说冯至将从北大调到中国社会科学院（当时名为"哲学社会科学部"）任外国文学研究所所长一职。他大概是在1964年走马上任的，我也于1965年从文学研究所的理论研究室调到外国文学研究所的西方文学研究室，从此就一直在冯至先生的领导下工作，直到他逝世的1993年。将近30年，与他同在一个单位，印象万千，回忆纷呈，繁复不可胜数，但归结集中，概括简约，倒也焦聚明显，突显出主要的特点与鲜明的色彩，构成他在我心目中的一个明晰的形象：他是一个不苟言笑，神态庄严的前辈；是有深厚的文化底蕴、言行严谨又得体的传统型的知识界头面人物；是严于律己，力求与国说党论、领导与组织保持高度一致的研究所所长；是具有广博的学术见识、纯正的学术品位、真诚的学术良知的学界长老；是经常受到领导、组织表扬赞颂的"好党员"。总之，是在政治上、学术上都符合社会主义规范、沉稳端坐于学术宫殿之中的庙堂人物。

在这将近30年的时间里，两次"社会主义四清"，一次"十年浩劫"，一次"清除精神污染"，都是政治高温天气，有的甚至如同炽热难耐的炼狱，在这种气候下，芸芸众生或昏头涨脑，或中暑着邪，或受命奉旨，或迫于情势，或身不由己，演出了无奇不有、可悲可怜、可笑可憎的人世百态。赤膊上阵者有之，左右失衡者有之，蹒跚而行者有之，卑躬屈膝者有之，声嘶力竭大打出手者有之……我自己的失衡、失态与摔跤就不止一次。对于冯至先生，我也曾有过一次失手。那是文化大革命之初，伟大领袖号召冲击"阎王殿"之时，在一次全所群众大会上，我也跟着亢奋，喊过口号，追随革命左派之后，嚷了几句要充分发动群众、不要捂盖子之类的造反话，尽管在"革命群众"中我明显不属于响当当的"左派"，倒颇有些"人微言轻"，那几句破话也完全淹没在革命派激奋的声浪里，但毕竟是向冯至先生射了"一箭"，我生平之中对这位师辈犯下了唯一一次"欺师之罪"。至于冯至本人，他给我的整体印象可以说就是一个"沉"字，作为被揪出来的"走资派"与"反动学术权威"，面对冲击而来的狂潮，他是沉默的；作为深有学养的大文化人，面对自己无能为力的这一场文化灾难，他是沉郁的；作为见过大世面，已经颇有历练的官方的高级学术代表人物，他面对着狂热躁动的"芸芸众生"与像匆匆过客一样的这种群众组织、那种"战斗队"，他又是异常沉稳的。也许，其沉稳还与他内敛持重的性格有很大的关系，甚至，他高大实沉的身躯与出语甚少、不苟言笑的容貌本身就足以给人沉稳的印象。总之，在我的回忆中，在那动乱、狂躁的年代中，冯至始终保持着自己的稳重与尊严，没有怒目而视，也没有声泪俱下，没有躁动失衡，也没有沉沦潦倒，在"文化大革命"的那一场"挨整命运"人人有份，今天是揪这类人、明天就清除另一类人的大恶作剧中，他不像与他同类的少数"权威"或"当权派"那样，一旦自己在某一个特定阶段获得了"解放"，而另一批人成为"革命对象"时，或秋后算账，大打出手；或刁钻刻薄，乘势施虐。他像一个静观人，而不是参与者、介入者，他沉静地观察着、感受着、承受着，不动声色，但是他的内心当是心潮起伏、爱憎分明、感情炽热的，只不过外表如一潭静水，如处于休眠期的火山。

窃以为，以社会科学、人文科学为工作内容的研究机构本来应该是进行文化积累、制造意识形态产品的"工场"，但冯至与我们所在的"翰林院"地处京畿之中心，就在"中枢"的眼皮底下，"上面"打一个喷嚏，这里就得伤风感冒，加上掌管这个机构的历届老布尔什维克革命家莫不有与"中枢"一脉相承的血肉关系，皆致力于把翰林院建构成为"无产阶级革命舆论的阵地"，因此，即使阵阵暴风骤雨已经过去，这里的"和平时期"也始终是绷着一根"阶级斗争的弦"。政治气温总要比其他地方高上那么几度，尤其在"无产阶级战斗先锋队"里，端正路线、思想检查、斗私批修、忏悔告解，是每一个成员经常必做的功课。而在这类功课中，由领导、组织提出的一个主要的中心的题目就是："究竟是先做好一个党员还是先做好一个专家"，因为在很多人身上都存在着学者专家、文人作家与党员、干部两种身份，而这两种身份往往又不和谐、不统一，甚至相互矛盾。因此，组织上常提出这样尖锐的告诫："是先做好一个普通党员，还是先做好一个学者专家"，"不要在学术上、专业上有了一些成就，就不听话了，就不好管了"，等等，既有如此明确的要求，于是在两个文学研究所的历次有关路线问题的整风与学习中，像何其芳、卞之琳、蔡仪、唐弢这些主要的党员专家无一不在做好党员还是做好专家这个问题上作过检讨，不外是思想上感到政治任务行政领导职务妨碍了自己的学术研究与写作，对政治工作、行政事务，特别是对"文山会海"之类的东西感到不耐烦等等，何其芳多次检讨自己一直想摆脱行政工作去完成他多年的宿愿：写小说，卞之琳也始终念念不忘他已经写成初稿的一部小说。

在这些党员学者、党员作家中，冯至显然比较更符合领导、组织所要求的规范，他在外国文学研究所所长的职位上，尽心尽职，勤勤恳恳，谨言慎行，事无巨细，均耐心料理。他几乎不再写诗，将近30年的时间里，只有偶尔一两次发表了两三首;他几乎完全放弃了他素有精深学养的德国浪漫主义文学的研究,从不提及他曾在里尔克这样一个艰深的课题上曾经获得过德国大学的博士学位,似乎从来不认识这位艰涩难懂而又对欧洲现代文学有着极大影响的诗人;他取得了重大成就的歌德研究与杜甫研究,也都是他早在20世纪50年代的研究成果,后30年中,他只是在上述研究的基础上,发表过为数甚少的几篇文章。他显然是在缩小自己身上那个诗人与学者的存在,制约他的展示与发展,而首先努力遵照领导、组织的要求,尽可能好地完成一个党员的职责与义务。他把自己宝贵的时间与精力绝大部分都投入了所长繁杂的日常行政事务中,他随着行政机器的运转,参加各种各样、空洞无聊的会议,从不迟到、早退,在后辈与被领导者的面前,从不流露自己的厌烦,只是与季羡林这样的心心相照而又同病相怜的同辈老友相见时,套用李后主的词"春花秋月何时了,开会知多少",以解嘲,以表示无可奈何。除此之外,每逢节日庆典他还上缴巨额党费,高标准地完成他的组织义务……因此,做政治工作的领导,代表组织上的负责人,经常在会上表扬他是"好党员""党员学者的模范"。在我们这些晚辈眼里,他是一个严于律己、德高望重、严肃方正的殿堂人物,只是在像我这样略有"异端思维"的不肖子弟心里，因为眼见一个诗人在泯没，一个学者被浪费，而暗暗为冯至先生感到惋惜。

三

在研究所工作的20多年时间里，我几乎一直是在冯至先生的直接领导下工作，这是因为：一、我一直是所重点项目的负责人或主要承当者，这些任务都是由所长直接过问的，如1964年周扬提出外国文学研究所"生死存亡的大事是能否编写出大部头的文学史"后，我被任命为《欧洲二十世纪文学史》编写组的"学术秘书"操持日常工作安排。又如稍后不久，研究所根据上级的指示布置写关于《海瑞罢官》的"革命大批判文章"，我被指定为主要的执笔者。再如文化大革命基本终结，研究所正式恢复业务工作后，筹备与创办全所性的学术机关刊物《外国文学研究集刊》的任务，也是落在我的头上。后来，正式划分了研究室，由冯至所长亲自掌控的西方文学研究室中的一个，也是由我担任"头头"，所有这些都是直接由冯至先生领导。而在正式恢复业务工作之前的"文化大革命"末期，我邀约两位同道开"地下工场"写《法国文学史》，也是主动争取冯至先生的关怀与认可，实际上也就是找冯至这把"保护伞"来庇护自己的。总而言之，长期的业务工作关系，使我一直被视为冯至先生麾下一员"得力干将"。然而，由于我个人的"不肖"与"没出息"，竟公然不以庙堂为志，不以庙堂标准为一己之规范、为自我之守则，不时有点"异端的""出格的"言行，故终未能走入冯至先生的轨道，成为他的"好学生"，反倒在客观上给他添了些乱，或许还曾使他感到心烦，至少有两件事甚为突出，成为我终生难忘的记忆。

其一：

四人帮垮台后，报纸上开始发表了一些声讨四人帮的文字，有的报刊杂志为了刊出较有理论性、较有深度的革命大批判文章，通过各种渠道与关系，进行组稿，冯至先生麾下的一位仁兄，在文化大革命前就发表过一些东西，在文化理论界小有"名气"，自然就成了报刊组稿的对象，于是，此人一篇名为《四人帮的彻底批判论必须批判》的文章在一家大报上发表了。在将要发表的时候，这位仁兄为尊重研究所的领导，特将校样送交冯至所长审阅，冯先生未作任何修改，表示了认可，起了"玉成其事"的关键作用。发表之后，一时的影响还相当大，因为四人帮垮台后开始一阶段的声讨，一般都是批"四人帮"的"极右"，而几乎没有批其"极左"的。而此文则向四人帮文艺思想与文化政策的"极左的实质"开火,甚是有点"个性"。更重要的是,不久之后,批四人帮的"极左"成为了意识形态领域的政策方向与普遍基调,这篇文章超前了一点也算是"撞上了大运","得风气之先",听说外地有的文化单位甚至妄猜此文反映了"新的中央精神",而曾在内部将它作为一篇"准文件"学习。

这位仁兄整整十年没有尝到发表的乐趣,此文既出了风头,他不免踌躇满志,洋洋自得。正在这个兴头上,没想到遇到了"当头一棒",在全所大会上,负责政治思想工作的领导却提出了严厉批评:报刊杂志来约稿,这么一件大事为什么不正式通过组织?为什么不向组织上请示汇报?为什么不将文章送审?擅自发表?完全是目无组织!目无领导!是个人主义在作祟!等等。挨批的这位仁兄,好像一块炽热的木炭,正烧得特旺,突然碰见有人射来一束冰冷的水,顷刻之间岂能不产生爆烈之声?他忘乎所以,一出会场,就在过道里针锋相对地发泄了几句:什么"不要鸡蛋里挑骨头"呀,"给所长审阅难道就不是送审,为什么偏要你审"呀,"不该你管的就不要管"呀,等等,虽然都是逞一时之勇的气头话,并无"反党反社会主义"的措词,可是这是在过道里嚷出来的"公开言论"呀,而且矛头直指了实际上的"第一把手",这就未尝不可以上纲上线到那七个字上去了。总之,此事被视为一个"政治错误",必须严肃处理!幸亏第一把手领导水平高，态度虽严，处理却甚为宽大，只是开两次"一定范围的会议"，对当事人进行了批判，让当事人承认了错误，作出了检讨，并向有关领导同志道歉。

1980年冯至在成都杜甫草堂

在这个事件从始至终的整个过程中，冯至先生作为行政业务工作的领导人，没有公开表态，在大小会上，也没有对当事者进行任何批评，此后许多年，我也从没有听他对此事说过任何话。我想，这是因为那篇文章毕竟与他有关，是他放行的，而对那次"批判事件"，看来，他也并非没有看法。我只是后来在一个场合听到他谈到"那位仁兄"时，讲了一句调侃而真诚的话："只要×××一说话，我就胆战心惊，捏一把汗"，从这句话，我感到了他的关切之情与"那位仁兄"曾经对他的拖累。为此，我从心底感谢他，也对他深感歉意。

其二：

20世纪70年代末，随着"实践是检验真理的唯一标准"的讨论，外国文学领域里也发生了一个思想解放的过程。其标志是两件事，一是1978年在广州举行的全国外国文学工作会议，那次会议的主旨报告是一个名为《西方现当代文学评价的几个问题》的长篇发言，对主宰中国文化界数十年之久的"斯大林—日丹诺夫论断"提出了全面的批评；二是外国文学所当时的"机关刊物"《外国文学研究集刊》连续三期开辟了一个专栏《外国现当代文学评价问题的讨论》。这两件事在文化学术界都是率先之举，起了破冰通航的作用，有着广泛深远的影响。而在广州会上作主旨报告的，就是上述那位曾给冯至所长造成"拖累"的仁兄，而《集刊》上三次讨论的组织者也还是他。当然，这两件大事，都是经过了冯至所长的正式批准，并在他的关切与支持下实施的。

作为这两件事的延续与具体化，上述那位仁兄又于1981年抛出了《萨特研究》一书。在中国，这要算是第一本全面介绍萨特存在主义哲学思想与文学业绩的书，也确实是为萨特与存在主义全面翻案的第一本书。由于萨特的"自我选择"存在主义哲理与阐释了这种哲理的文学作品，投合并促进了改革开放之初中国大地上的个人主体意识的解放与发扬，因而，此书大受读者欢迎，一时很是热卖畅销。

但是，在不久之后的一次相当大规模的"清除"过程中，萨特被认定为"精神污染"而首当其冲。《萨特研究》一书被点名，报刊杂志纷纷发表批判文章，出版社献出批判小册子，将上述那本书的一篇万把字编选者序视为大敌，竟不惜用几倍、十几倍的篇幅加以批挞，语言之尖刻为文化大革命之后学术界、文化界所罕见。当然，炮制了这本书的那位仁兄在他工作的"翰林院"中也就受到格外的"关注"，全院大会上，院领导以崇高的名义进行呵责，不止一个层次的领导同志找他"个别谈话"，要求写出"我对萨特的再认识"的公开文章。当然，本单位还要进行若干深入的调查，了解此书的"出笼经过"，不止一个平日与肇事者毫无交往，而此时自认为负有"教化"职责的同志，或者是自认为不能坐视不管的同事，也都热情洋溢地前来进行分析辩论与思想帮助。冯至是负责业务工作的所长，萨特的评价问题以及《萨特研究》一书问题，其实更是他管辖范围的事。然而，在整个那一时期，据我所知，他只是在一次公开的会上，言简意赅地讲过几句稳当平和的话，大意是，对萨特这样一个内容复杂的思想家、文学家，我们了解得还不够，应该加深研究，以批判继承的态度对待他。除此之外，他既没有进行过义正词严的批判，也没有过问《萨特研究》一书，更没有找那位仁兄个别谈话进行"思想帮助"。总之，他完全置身于那次"时尚大合唱"之外，这个时期，他书房里的某个情景，似乎颇能说明一点问题。

从批判伊始一直到最后雨过天晴、风和日丽，《萨特研究》也得以重印再版的整整一个时期里，我由于业务工作到冯至所长的家里去过两三次，有幸亲眼看见了他书房里的情景。

我见过不少国内外文化名人的书房。冯至的书房是我见到的最典雅、最精致、最整洁、最质朴的一个。明窗净几，一尘不染。两大排高档的书架上整整齐齐地放着一整套一整套外文书的精装本，内容丰富，色彩缤纷。洁白的墙上挂着茅盾书写、赠送的一个条幅，除此之外，别无任何装点。窗前一张紫木的大书桌，桌面上由两个书档夹竖着为数不多的几本文化学术书籍，几乎全是外文的，随时间的不同而有所调换，一看就是他近期关注与研读的书。在"清除"高潮时期，我第一次去他家时，他书桌的桌面上一如既往，整亮清爽，没有任何文牍，书档中夹着几本精装外文书，却有一本橘红色封面的中文书赫然在目，书脊有几个清晰的字样：《萨特研究》。

在后来的一段时间里，我又有一两次去他家，同样，我都发现《萨特研究》仍在他的书桌上占有一席之地。但我每一次见到此书时，都假装视而不见，并且远远避开有关《萨特研究》的一切话由，而冯至先生也从没有跟我进过一句有关萨特与《萨特研究》的话。在这个问题上，他与我之间始终都是一种不言、无言的状态，也可以说是一种最淡净的状态。

冯至担任研究所所长的20多年期间，虽然我一直是他领导下的一个重要研究室的"头"，但每当开所务会议时，我经常是远离中心会议桌而坐在门口，我总觉得自己既无庙堂之志，就尽可能不要有"登堂入室"之态，只求实实在在做出几件事就可以了。因此，我与冯至先生具体业务关系很多，但我与他之间的关系并不近乎，而总有着相当一段距离，这可能就是庙堂内与庙堂外的距离。当庆祝冯至先生88岁寿辰与悼念他逝世时，我这个本应写文章纪念他的"老学生""老部下"，却没有写出任何文字，我当时认为，这样的纪念活动与悼念活动，都是庙堂要事，我一直身处庙堂之外，唯恐自己的感受与文字不合庙堂分寸。虽然当时无所作为，无所表示，但我心里一直非常清楚，我这些年来做成的一件又一件的事情，从《法国文学史》到《萨特研究》，都是以他的存在为重要客观条件的。他的宽容与支持成全了我，我感谢他。在他逝世11年之后的今天，我自己也已经70岁了，我要道出我的感念，即使是在庙堂外的远处。

2004年5月4日

两点之间的伽利略
——回忆与思考朱光潜

一

最近,在《文汇报》的"笔会"中,看到一篇回忆朱光潜的短文,是著名的摄影家邓伟写的,并附有他所拍摄的一张朱老先生的照片。由于父辈的关系,他曾有幸成为朱光潜的一个较为亲近的小字辈,因此,保存了若干对老先生的亲切回忆。这篇文章与这张照片,也激活了我自己对朱光潜先生的思念。

在上了年纪的人身上,怀旧倾向是一种天然的温床,外来的因子哪怕只像蒲公英飞絮那样轻忽也可以萌生出一片繁茂葱郁的回忆之绿茵,就像普鲁斯特舌尖尝到的那块玛德莱娜小甜点,竟引发出如流水潺潺不绝,似江河浩渺流淌的陈年往事那样。一般说来,怀旧的心理惯性是以两个条件为基础的,一是往日积累下了丰富而生动的印象与感性知识,一旦记忆的闸门打开,往日的印象、感觉、对形象与氛围以至颜色、气息等的记忆即纷至沓来，如势不可挡的潮水，就像普鲁斯特那样，忆出了整整一个"似水年华"，并写成了一部长篇小说；另一个条件，则是往日在某件事上、在某个方面感触甚深、震动甚大，一旦再次引发，便感触陡生、思绪纷呈，鲁迅夜遇一个人力车夫的"一件小事"，后来却引发出一大篇的感言，大概就是这种情形的例子。

说实话，我与朱光潜先生并不熟稔，也不接近，具体的交往并不很多，因为我和他不是在同一个单位任职，也没有严格意义上的师生关系，就像他与张隆基那样。几年前，学术文化界曾有人把我称为"朱光潜的学生"，基本上是一种牵强附会。原因不外有三：一、我是北大西语系毕业的，而朱先生就是西语系的名教授，但我在北大时，的确没有听过朱先生的课；二、我也做过一点西方文艺批评史的研究与翻译，而朱先生就是西方批评史、西方美学史的权威；三、朱虹的确是朱先生的受业子弟，在北大上过朱先生的翻译课，曾被朱先生称为他的"三个得意学生"之一，此事在学界广为人知，因为朱虹与我是一家人，难免有人会把我这一粒鱼目误认为是"珠子"了。

虽然我与光潜先生相隔不近，接触不多，交往甚少，但是，在学界长辈中，他却是我从年青时代一直到上了岁数，仰望得较多、关注得较多、思索得较多、揣摸得较多的一个。因此，在外界因素的作用下，很容易就引发出不少记忆与思念，何况有的事情给我的印象是那么深刻，足以使我终生难忘。

二

在前辈师长中，我最早知其名者，要算是朱光潜。那还是在中学时期，从初中起我就开始喜欢跑书店，在书店里就曾不止一次见过开明书店出版的《给青年的十二封信》，我也曾翻阅这本书，当时觉得书中所谈的好像都是比较深、比较严肃、比较"正经"的内容。什么美呀，艺术呀，审美呀，等等，隔我那尚未开窍的脑袋比较远。那时，我感到亲切、有吸引力的只是还珠楼主、《鹰爪王》与侠盗亚森罗萍之类的书。即使后来到了高中快要毕业，已经准备投考西语系的时候，我仍然对朱光潜的那高深的美学未敢问津，真正对朱光潜这个名字肃然起敬，那是进了北大西语系以后的事了。

在20世纪50年代的北京大学，每年新生入学时，各系都要举行大规模的迎新活动。在西语系，活动的一个主要内容，就是毕业班的老大哥带领这年的新生在校内整个燕园里走一遭，三三两两，边走边介绍，特别深入细致。在那次活动中，我记忆中最深刻的就是从他们那里知道了北大西语系的教授阵容很强，有一大批著名的学者：赵萝蕤、吴兴华、张谷若、闻家驷、陈占元、郭麟阁、吴达元、田德望等等。而名人中之名人，则是两位超出于这些正教授之上的两个"一级教授"：冯至与朱光潜。对于这一大批名师，西语系的学子无不津津乐道，并都引以为骄傲。

显而易见，冯、朱二位当时之所以就是超越众大家的"一级教授"，是因为他们的文化业绩更大，学术声望更高。冯至不仅是公认的德国文学权威，而且是鲁迅赞赏过的"中国最杰出的抒情诗人"，他的杜甫研究也是蜚声学术界。朱光潜则早已是资深的美学研究的大师，早年几部力作并没有因为时代历史的变迁而褪色，也没有意识形态的原因而丧失其学术价值，而且，早在抗战期间，他就担任过大学里的文学院长，蒋介石为了表示自己礼贤下士，尊重文化，还曾接见过他，蒋介石撤离大陆前，他也是国民党派专机要抢运到台湾去的名教授之一，但他拒绝登机离去……

学子的崇拜从来都是名师崇拜，大部头论著崇拜。从一开始，朱光潜就足以使我辈肃然起敬，甚至有点顶礼膜拜，虽然他在"政治上"入过国民党，得到过蒋介石的接见，但

"政治上"的事我们不管,也不感兴趣,何况他不是最后拒绝站到台湾那边去吗……所有这一切,使我从没有对他有什么保留。

仅仅是以学术标准进行衡量,而不是以掺杂了其他标准或其他因素,这与现今比较起来,倒可说是单纯朴实一些。现今者,时代进步了,实际操作的标准显然复杂细腻多了,其中有了官本位制的成分,有了商品社会中大为时兴的公关学的成分,以至在赫赫有名的"翰林院"里,没有多少学术业绩,没有什么社会声望,却头戴"特级研究员""博导""一级教授"的冠冕堂皇者颇有人在。

在北大的几年中,西语系这两个"一级教授",做系主任的冯至,我们倒常能见到,另一位朱光潜,则很难很难见到的,全系师生会,一年难得有次把,即使有他也不大出席。听说,他前两年教英文专业高年级的翻译课,高年级毕了业,他就没有课了,西语系教学中心的那幢楼也就几乎见不到他的踪影。只是有那么一次,一个小老头从附近穿过,有同学才告诉我:"那就是朱光潜。"

他大名鼎鼎,但毫不起眼,身材矮小,穿一身深蓝色咔叽布中山装,踏一双布鞋,像图书馆的一个老员工,甚至有点像一个杂役工。他满头银发,高悬在上,露出一个大而锛的额头,几乎占了半个脑袋,他步履稳当,但全身却透出凝重肃穆之气。

三

我与朱光潜开始有具体的接触,是从北大毕业分配到《古典文艺理论译丛》工作之后的事。

《古典文艺理论译丛》是文学研究所办的刊物,1953年刚成立的文学研究所当时还隶属于北大,老老少少的研究人员基本上都是从北大的中文系、西语系、俄语系与东语系抽调过去的。其中的西方文学研究组,起初就在北大西语系办公,和朱光潜可算是同一个大单位的。到了1958年后,这个研究所才从北大独立

1981年朱光潜摄于北京

出去，与社会科学、人文科学的一些其他研究所组成了哲学社会科学学部。至于这个学部又升格为中国社会科学院，那是文化大革命之后得胡乔木与邓力群之力而成的。

《古典文艺理论译丛》的编辑方针是："有计划地、有重点地介绍世界各国的美学及文艺理论著作，包括各时代、各流派重要的理论批评家和作家有关基本原理以及创作技巧的专著与论文，以古典论著为主。"显而易见，刊物突出了一个"洋"字，一个"古"字，这在建国初期革命文艺势头正健、"大""洋""古"的倾向不止一次受到责难与批判的时代条件下，倒是属于另外一格，颇带来一股典雅文化的清新气息。编委会的组成也一目了然，我国从事外国文学研究有成就的学者、教授、翻译家都一一在列，如钱锺书、朱光潜、李健吾、杨周翰、傅雷、陈占元、田德望、金克木、陈冰夷、辛未艾、蒋路、蔡仪等等，一看就与文化界占主流地位的革命文艺家、理论批评家不属同一路人，颇有学院派的色彩，编委会并未明确署出主编，但召集与整个编辑工作的主持者都是蔡仪，他实际上就是主编。

我1957年毕业后，就是分配到这个刊物的编辑部工作。在蔡仪手下，具体做编辑工作的有三个人，两个搞俄语的都比我年长，其中还有一个是从延安来的，他们都是我的上司、指挥者。我是年轻的西语系大学毕业生，于是到一个个编委那里，特别是到西语一片几个编委那里联系跑腿、接送稿件的任务就都由我承担。因为这是一个学术性、专业性非常强的刊物，一般联系与具体跑腿的工作也并不简单，主编先把未来几期的中心主旨拟定，如悲剧问题、喜剧问题、浪漫主义问题、现实主义问题等等，之后，就要征求编委们的意见了，包括每一期的重要选目与每一篇的译者人选，以及请编委审定译稿等等。我对这种"跑腿"工作特别特别喜爱，每一趟都有学术内容、知识含量，实际上是对一位又一位权威学者的专访，是听一堂又一堂的"家教"，是吃一顿又一顿的"小灶"。何况，骑一辆自行车驰来驰往于中关村与燕南园之间及未名湖畔，沿途垂柳飘飘，湖波粼粼，绿荫掩映，小径成趣，出入学术界名人的府第、寓所，又肩负着一个学术刊物的使命，这对于一个刚大学毕业的青年来说，实在是一件潇洒愉悦、风光得意的乐事。那个时期是我一生之中最值得怀念的，也就是在那时，我与朱光潜有了具体的接触。

北大南校门外，一箭地之遥，燕南园——上世纪五六十年代中国最优美的住宅小区，郁郁葱葱的园林，整洁幽静的小径，巴黎风格的路灯，一幢幢精美雅致的小洋楼稀疏地散落着。北大的名教授很大一部分都居住在这个园林之中，冯至、朱光潜、罗大纲、杨业治、向达、林庚、陈岱荪、吴达元……每来这里走一趟，就是一种享受，一种熏陶，一种精神提升，这里的绿意与生活格调，是我青年时代的理想境界、愿为之奋斗的境界，没想到如今到了"古稀之年"，仍然只是可望而不可及的梦。不过，经过文化大革命之后，燕南园的树木大为凋零，绿茵大为荒芜，一幢幢小洋楼大为破旧，即使罗大冈在自己的论评文章尾部也常署上"写于湮园"的字样，他一直是燕南园的住户，当亲眼见过这个园林"湮泯"的过程……只是又事隔多年，不知"改革"之后，商品大潮席卷之下，燕南园又是什么样子了？

朱光潜的家是在燕南园腹地的深处，环境格外幽静。而他那幢楼房与他那个院落，至少如我所见的，更是阒寂无声，渺无人迹，像电影中一个无人的修道院或古刹。我头一次去时，按了好几次门铃之后，才有一个女孩走出来，她年龄看来不算太小，但身材矮小而瘦削，有一个大得出奇的朱光潜式前额，显然是极为聪明的，样子不像一个真实的少年人，而像是一个传奇中高智商的精灵。我只见过她一次，但印象却十分深刻。

我见到朱光潜的时候，他已经60多岁，虽然瘦小单薄，白发苍苍，但精干灵便，神情烁烁，他宽而高的前额下一对深陷的眼睛炯炯有神,老是专注地注视着,甚至是逼视着眼前的对象,手里则握着一支烟斗,不时吸上一口,那态势、那神情似乎面前的你就是他观察分析的对象、研究揣摸的对象,别忘了,他专攻过心理学,有过心理学方面的专著,而且是"变态心理学"的论著!坐在他面前,你似乎感到自己大脑的每一个褶皱处都被他看透了,说实话,开始并不感到舒服自在。

作为学者,他对刊物选题与编译的意见都很明确、干脆,绝不含糊圆滑,绝不模棱两可,而对于刊物之外的任何学术理论问题,他又有严格的界限,绝不越雷池一步,绝不高谈阔论,枝叶蔓延,而这正是青年学子每遇名家大师都期望见识到的"胜景"。如果说我曾经感到他身上有一种肃穆之气的话,一接触之后,我就明确感到他更有一种由内而外、并非刻意求之、而是自然而然渗透出来的威严,他讲起话来一副非常认真的样子,一口安徽桐城的乡音,听起来相当费劲。他脸上一般是没有笑容的,但有时笑起来却笑得那么开心,笑得咧着嘴,像是从心底里蹦出来的。这经常是他在讲了一个自认为得意的想法或意见时才有的,而绝不是听了对方的趣语或交谈甚欢的产物,而且,这时他会停止说下去,将那咧开了嘴的笑停驻在脸上,眼睛盯着你,似乎在等着你的回应。有了几次接触后,我就相当确切地感到,他是一个很自主的人,很有主见并力求影响别人的人。他绝不跟对方讲多余的话,但当我小心翼翼从业务工作范围里挪出去一小步,恭维他精神很好、身体很好时,他也很和气、很善意地告诫我:"身体就是要锻炼,每天不必要长时间,但一定要坚持",当我又得寸进尺奉承他的太极拳打得好,青年学子称为"出神入化"时,他以权威的口吻提示我:"跑步,最好的运动是慢跑,每天慢跑半小时,它给我的身体带来的好处最大。"(他在校园里跑步的样子,我见过,步子不大,节奏不快,身体前倾,身姿有点可笑。)从此之后,我一直记住了他这一经验之谈,并断断续续效法他这一健身之道,多年之中,每当我身上的惰性占上风时,我就想起朱光潜年长笔健的经验,而强迫自己继承他这一"衣钵",反反复复,终于养成了习惯,时至今日,我仍坚持不懈,而且有时在慢跑时,脑海里还偶尔浮现出朱光潜在燕南园迈着小步慢跑的瘦小身影。

《古典文艺理论译丛》于1957年创刊,因"文化大革命"的来到而收场,最后一期出版于1966年,前后10年,共出版了17册,均由人民文学出版社出版,每册30万字,总共约500多万字。试想,以500万公斤炸药投放在单——块阵地，其动静与后果该有多大！无疑，这是建国后，文化大革命前最大的一个"大洋古"项目，它的所作所为可称得上是丰富、厚重、扎实，它全面地、精到地介译了从古希腊罗马一直到20世纪整个西方文艺批评史中的名家、名著、名篇，几乎每一个课题都有一个专集或至少是作为一个专集的专题，有的更占有两个甚至两个以上的专集，如悲剧理论、喜剧理论、浪漫主义创作论、现实主义创作论著等。

那个时期这个刊物在学术文化界所引起的轰动，所产生的影响，今天怎么加以评价都是不过分的。它是建国后少有的启蒙渠道，少有的一个西方橱窗，它为我国的西学文化，为后来几十年西方文艺批评史的研究打下了坚实的基础。其重要性与其成功，除了由于刊物有明确的主体意志、主体创意外，那就得归功于国内一批最出色的学者专家所组成的编委会的坚持努力了，当然还缺不了学界与译界同仁的一致支持。

在编委会中，朱光潜和钱锺书一样，也是一位特别重要的编委，在工作上也得到我的上司、主编蔡仪的格外尊重，虽然他们两人的美学观点针锋相对，早在建国之前，蔡仪就发表过长篇论文对朱光潜的美学思想进行过相当激烈的批判。如果光从蔡仪在工作上对朱光潜的尊重来看，你根本看不出他们在美学问题上是两个"死敌"。朱光潜与钱锺书在编委中之所以得到格外的尊崇，显而易见的原因就是，他们都是西方文艺批评史的真正权威，学养深厚，著作等身，在后一方面，朱似乎更胜一筹，因为钱的《管锥篇》尚未问世。朱光潜也很重视来自文学研究所的这份尊崇，因此，他在《古典文艺理论译丛》上贡献甚多，出力不少。如建议选题选目、推荐译者、审定译文以及提供自己权威性的译稿，他所译的黑格尔的《美学》，就是提前在这刊物上问世的，他还特别为美学问题的专号赶译了德国19世纪后期著名的心理学家、美学家里普斯的长篇论文《论移情作用》。

四

其实，这时的朱光潜在学术上有体面风光、矜持尊严的一面，也有躬身弯腰、尴尬委屈的一面。他那时的学术身份就已经有点"特别"了，我不知道打这么一个比喻是否恰当：他似乎可说是学术界的傅作义。

1956年6月，他在《文艺报》上发表了一篇自我批判的长篇文章《我的文艺思想的反动性》，自我批判之彻底与激烈，实在令人惊奇。他对自己此前的学术工作进行了无情的否定，说自己"解放前的著作在青年读者中发生过广泛的有害影响"，对此，自己"一直存在着罪孽感"，认为自己的美学思想与艺术趣味"带着阶级的有色眼镜","有极浓厚的悲观厌世",有"鄙视群众,抬高自我,脱离现实,图个人享乐"的"颓废思想"等等。总而言之,"是从根本上错起的",是"主观唯心主义的",是"反现实主义的,反社会、反人民的"。所有可怕的大帽子都给自己扣上了,除了"反党"的帽子外,也许是他觉得"反党"才是最大最可怕的帽子,"反党"那岂不就是"反革命了"嘛,他得给自己留一点点余地。至于他所继承的中国文化与克罗齐、康德、黑格尔的美学,当然都被他一一否定。一个如此重量级的权威刊物发表这么一篇文章,在当时无疑是文化界的一件大事,其影响与重要性似乎不小于"北平的和平解放"。那时,我正在西语系三年级,正忙于应付自己严重的神经衰弱与耽误的功课,没有注意到这件大事,对此事有所知晓,却是在参加工作、与朱光潜有所接触相当久之后的事了。而在接触的当时,我怎么也没有想到朱光潜身上也有"傅作义的性质"。

后来,我常想,朱光潜那么一个矜持、肃穆、有尊严的人,在美学理论王国里,好歹也是一个"王者",他是怎么写出那么一篇"罪己文"的?显而易见,这绝不是他个人兴趣所致的举动,更不至于是他自己乐于去干的一件事,而是有组织、有领导的社会潮流的一个组成部分,是国内从20世纪50年代中期至60年代中期愈来愈"左"的政策导向与调门愈来愈高的意识形态强音的直接产物,而这股"左"的导向不久就汇结成了一次为期十年的文化浩劫与政治动乱。朱光潜在后来1980年写的自传中就告诉了世人,那篇文章的写作是"胡乔木、邓拓、周扬和邵荃麟向我打招呼"的结果,他们说"这次美学讨论是为了澄清思想,不是要整人"。今天看来,这是领导、组织的"敬酒",如果"敬酒不吃",后面难免就要上"罚酒"了。当然,这一次"敬酒"式的极为成功的思想工作是有一贯出色的统战工作垫底的,朱光潜在自己的文章中就曾经历举过他两个重要的头衔:全国政协委员、全国文联理事。这是组织、领导对他的信任与尊重呀!士为知己者用,岂能辜负呢?不仅这篇"罪己文"而已,朱光潜还非常认真钻研马克思主义,力图掌握无产阶级的"理论武器"——辩证唯物主义和历史唯物主义,这在当时是非常难得的"在思想上向党靠拢"。此外,"我在年近六十时,还抽暇把俄文学到能勉强阅读和翻译的程度",这在"向苏联老大哥一边倒"的五六十年代,对文化学术界有名望的学者而言,本身就是思想上求进步的突出表现,何况他还学得那么刻苦用功。总而言之,他接过来这一杯"敬酒"，一口而尽，痛快！豪爽！

至于"罚酒"，既然饮了敬酒，当然用不着上"罚酒"了。但"罚酒"的味道朱光潜是知道的，也不无体验，他在1981年的自述里说过："在建国初期思想改造阶段，我是重点对象"。那次运动进行时，我还在中学里懵里懵懂，说不清是什么情况，但杨绛的《洗澡》所写的就是那场运动，而且正是北大、清华、燕京等名校高级知识分子的际遇。的确是"洗澡"，是帮你把身上的封建阶级、资产阶级的脏东西洗涤干净呀，但是，用的可是滚烫滚烫的水！而朱光潜还曾是重点冲洗的对象，其滋味想必记忆犹新。

这就是我所理解的朱光潜在20世纪50年代初期作出抉择时两个方面的内心背景，而我所接触到的，则是他所作出抉择后所持有的学术地位、学术身份与学术尊严。他这种境况倒颇有点"退一步海阔天空"的意味，实际上，他退一步所换来的还不仅是"进一步"，似乎还可以说是"进两步"。在他发表了"罪己书"之后，他对他在美学问题上的每一个论敌，不论是什么倾向美学家，从以马克思唯物主义、现实主义的为旗帜的，到娓娓动听赢得了不少信众的，也不论是什么身份的美学家，从有资格的老革命老左翼理论家到哲学美学界的新秀，他都没有放过，几乎给每人奉送了一长篇大文，或为批评或为商榷或为反驳，大有舌战群儒之概，甚至有点横扫千军的架势。好一个矮个子朱老头，他倒挺能缠挺能打的，真像一颗咬不碎、砸不烂的铜豌豆，你能说他有什么不对吗？不能，他是向马克思主义低头认错，他是向党、向组织鞠躬致礼，可他并不是向他的论敌认输呀！

五

"文化大革命"前夕，《古典文艺理论译丛》停办后，我就再没有见到朱光潜，直到十年浩劫完全结束，我才再次见到他。

在整个"无产阶级文化大革命"期间，仅仅关于搞西学的学者专家，我们就听到很多悲惨的消息，有的遭到刻毒的凌辱，如剃"阴阳头"，有的被殴打致残，有的遣送到边远地区，有的丢了性命，有的坐了多年的监狱……对朱光潜在"文化大革命"的情况，我们听说不多。当然，受到冲击是不在话下的，但比较起来，他似乎还不算是最悲惨、最倒霉的，有很多人遭罪的程度大大超过了他。而实际上他们身上的"旧包袱"并不如他大，他参加过国民党，他得到蒋介石的接见，在红卫兵眼里显然要算一条"大鱼"，他怎么躲过了丢命的劫难？是因为他"反动名号大"，在上面挂了号，红卫兵不敢随意处置？是因为他注意保存自己，坚持锻炼，没有让身体垮掉？是因为他采取了低姿态，顺着来的态度，总算没有在红卫兵抽人的皮带面前吃眼前亏？……看来，这些因素也许都有一点，即使都不是决定性的。

劫后余生，他存活下来了，又活跃在学术舞台上。他的学术活动之一，是受聘于中国社会科学院的外国文学研究所担任该所的学术委员，因为根据"翰林院"统一的规定，每个研究所的学术委员必须由所内与所外两个方面的著名学者联合组成。所外的除朱光潜外，还有季羡林、杨周翰、王佐良。所里的当然以冯至、卞之琳、李健吾、罗大冈、戈宝权、陈冰夷、叶水夫为主，也提携了几个在"文化大革命"前即已崭露头角的"青年人"，其实他们也不再年轻了，都已经过了"不惑之年"，敝人也是其中之一。所学术委员会每年总要开两三次会，讨论若干重大的学术问题，坐而论道，各抒己见，倒也真能起些"开会有益"的作用，正是在这个场合我有幸成为了这些学长的"同会者""共事者"。

十年过去了，朱光潜基本上还是老样子，总是一身蓝布中山装、布鞋，头发白得闪光，两眼有神，目光炯炯，一身肃穆，不苟言笑，从不寒暄。他的安徽桐城乡音，很不容易听懂，加上我参加这种会，都尽力摆正自己作为小字辈的位置,一般总坐在门口,离那些在一个长条桌周围就座的"长老"们远远的。因而,他们的高论与教诲,我听取得相当差。只是有一次,朱光潜发言时,我特别竖起了耳朵去听,唯恐漏掉一句话、一个字,那是他对编写文学史一事在发表意见。

在文学研究领域,编写文学史一直被视为高层次、高难度,也具有重要学术文化意义的项目。文化大革命前,当时意识形态部门主管文化艺术的总头头周扬,就曾向外国文学研究所提出编写二十世纪欧洲文学史的任务,甚至说,对文学研究所而言,能否编写出文学史来,是一件"生死存亡的大事"。此话他讲得有点危言耸听,不过确强调了这一学术研究工作的重要。他作了这个指示后,外国文学所即闻风而动,立即上马,组成了一个编写组,由卞之琳挂名主持,编写工作的"学术秘书"则由我担任,经过几个月卓有效率的努力,编写组初见成果。可惜"文化大革命"一来,整个事情就泡汤了。因为有此前缘,我在"文化大革命"后期,自己就办起了"地下工厂",邀了两位同道编写《法国文化史》了。及至"文化大革命"告终,外文所恢复研究工作,所长冯至也官复原职,在他的支持下,《法国文学史》的编写也就公开并正式列入所科研计划,个体私营的活起先可以自行其事,一旦列入了公家的计划,而且又是大的项目,就不免要拿到学术委员会上去"说道说道",讨论讨论。正是在此情况下,我听到了朱光潜关于编写文学史的高论。

我当然非常重视朱光潜对编写文学史的意见。因为,这首先与我本人当时正在进行的工作直接有关,还有一个重要的原因:他于1962年出版了《西方美学史》一书,在我看来,这部美学史要算是二十世纪中国最具开拓意义的史学著作,朱光潜当然也就是西学史著的绝对权威。他那次发言也的确权威性十足,大意是说,编写文学史是一件高难度的学术工作,必须在有充分积累的基础上才能动手,不是谁都可以写文学史的。他还说,写文学史是要引导读者遍游一个文学国度,首先要把文学史客观事实介绍得比较全面、真实、清楚,然后才作评价与议论,合格的文学史应该像一本好的地图指南、一本好的导游图,如果达不到这样的水平,那就不要去硬写。

他的这一席话充满了作为一个老资格学术委员的提醒与忠告,但我听来却不能不有所敏感,觉得虽然老先生不至于是认为当时外文所我们这一辈人不具备写文学史的基础与条件,却至少是抱着等着瞧、拭目以待的态度。说实话,在当时对我既是压力也是激励,使我决心要写出一部在规模、广度与深度上都像个样子的文学史。至于他讲的那些道理与忠告，我倒是深有同感的，重视文学发展与作家作品的客观实际，并尽可能加以贴切、准确的描述，正是我自己编写文学史的主导思想。我不喜欢并切戒自己脱离作家作品实际去高谈阔论，天马行空，后来写成并获得国家图书奖的《法国文学史》基本上做到了这一点，总算没有辜负朱老先生这一番苦心的忠告。显然，他这一番道理在今天也并未过时，且看今天的学界，由于官本位标准的渗透，从不研究文学史与作家作品，只靠理论高腔起家的学术行政官员，居然也利用自己的权力主编起了一套又一套文学史。又由于近十多年来新潮派文论高潮席卷学界，在不少文学史著作中，不见文学发展的基本史实，不见作家作品的具体状况，而只见作家名单、书名目录，不见对作家作品的具体贴切的描述与分析，而只见贩运进来的二手的概念术语与难以理解的表述论说。所有这一切放在今日的背景之上，朱光潜的高论倒有了警世告诫的意义了！

我直接接触、耳闻目睹的，几乎都是朱光潜尊严肃穆、内敛凝练、充满权威性并且意气风发的一面，他委曲求全，躬身低态，甚至弯腰致礼的一面，我从来都没有见过。如果不是从报刊上看到，如果不是亲耳听朱光潜本单位的人确凿的转述，我是不会知道，也不会相信的。"四人帮"垮台后，"思想批判""学术批判"之类的玩意愈来愈吃不开，因而也慢慢绝迹了,这是一个社会进步,也是精神文化领域里的幸事、喜事。但在"清污"前后,这种老玩意还是时兴过一阵子:一时间,不打棍子、不扣帽子似乎就没法活的人,如逢盛世,振奋而起,大唱高腔,纷纷出手,大概正是在这个时期,我听说朱光潜在自己的所在单位,不知什么范围的会上,又被他的学生辈一位中年左派大大解析批判了一番。后来,此事的确得到了证实,我自己也听到那位中年左派还津津乐道朱光潜如何如何对他的批判表示心服口服,甚至称赞他剖析得"深刻精到","使人获益匪浅"。看来,那位左派所言非虚,因为那位同志从来在历次政治运动与革命大批判中都是展翅高翔的,风头很健,凭借伶牙俐齿、犀利笔头,均能哗众取宠,颇有斩获。不过在革命大批判已见衰微的时代,朱光潜还有如此的"谦逊",却使我颇有点意外,毕竟敝人多少也经历过一点风雨,觉得在左派高腔面前,用不着那么"谦逊""退让"。这时,我开始对朱光潜似乎有了点感悟与认知,形成了一个概念,在我看来,朱光潜在学术问题、学术异见面前,无疑是非常有自信、坚硬异常的,这就是他学术尊严之所在,是他身上肃穆之气的根由。而在政治思想运动中,在学术思想批判面前,甚至在带有政治背景的学术评析面前,在借政治风头而居高临下,而高腔高调的左派批评者面前,他是退让的,谦逊的,低姿态的。我想,原因很简单,因为他深知这种批判,这种人士所依托的是一种巨大的、不可抗拒的力量,他们的背后是像一座大山一样不可动摇的庞然大物。

六

在20世纪整个七八十年代,除了在上述学术委员会上见过朱光潜几次外,我还有一次与他"同会"的经历。那是1978年11月在广州举行的"全国外国文学工作会议",那是"四人帮"垮台后全国第一次这种性质、这种主题的会,也是建国后第一次规模巨大的"西学"会议,由中国"翰林院"中的外字号研究所出面张罗,上有意识形态部门高层领导的大力支持,场面宏大,开得甚有气派。半个世纪以来,中国学术文化界从事"西学"的名家大儒:冯至、朱光潜、季羡林、杨宪益、叶君健、卞之琳、李健吾、伍蠡甫、赵萝蕤、金克林、戈宝权、杨周翰、李赋宁、草婴、辛未艾、赵瑞蕻、蒋路、楼适夷、绿原、罗大冈、王佐良等等。还有与人文学科有关的高校领导以及文化出版界的权威人士吴甫恒、吴岩、孙绳武等等,名流汇聚,济济一堂,竟有二百多人,意识形态领域里的高层人物周扬、梅益、姜椿芳等也出席了会议。就其名家聚集的密度而言，大概仅次于中国作家代表大会。

在这次大会前几个月，我从"实践是检验真理的唯一标准"中得到启发，借了这股"东风"，提出了针对日丹诺夫论断、重新评价西方现当代文学的问题，并在我主持科研工作的研究室与刊物组织了学术讨论，曾引起冯至所长等人的注意与重视，他们为了使广州会议有充实的学术内容与新意，要我到大会上作一个主旨发言。那次大会除了开幕式、闭幕式上各级领导人的讲话外，全体会上的学术报告只有三个：一个高等院校的代表综述高校一些文科教材讨论会上对于"资产人道主义"的不同评价，一个是权威的出版单位人民文学出版社的代表介绍外国文学出版的情况与计划，再一个就是我那个重新评价西方现当代文学的发言。

冯至等大会的领导同志特别优待我那个长篇发言，给了我一个上午的整段时间，再加上大半个下午，实际上构成了一个长篇学术报告，这是建国后学术会议上很罕见的。说实话，就这个报告充实的内容而言，没有这么大的时间"篇幅"，也是容纳不下的，会后整理成文发表在刊物上就五六万字之多。

整篇报告是对日丹诺夫论断的全面批驳。日丹诺夫是斯大林的意识形态总管,以敌视西方文化,打棍子、扣帽子,对国内作家进行粗暴打击与迫害著称,他把整个西方现当代文学艺术斥之为反动、颓废、腐朽的文艺,是为著名的"日丹诺夫论断",它从20世纪30年代被引入中国后,一直是中国革命文艺界的理论经典、不可违抗的法规,至70年代末期为止,共统治了中国文艺界达40年之久。在下的那个报告实际上就是对日丹诺夫论断的"揭竿而起",就是为西方现当代文学艺术彻底翻案。当然,要在一个社会主义国家里公然颠覆日丹诺夫论断这个一贯享有神圣庙堂地位的庞然大物,就得首先论证它是违反历史唯物主义与辩证唯物主义的,是不符合文学发展客观规律的,而在济济一堂的饱学之士面前做这件事,更必须比较充分而令人信服地从说明西方现当代文艺各方面的客观状况,必须正面论述其主要文学流派、重要作家、作品在思想内容与艺术风格上的特点、意义与价值。而所有这一切,都必须做到言之有理、言之有据,最好还要有若干闪光的思想与出彩的分析评论。说实话,如果做不到这点,那么会场上的一大批长老岂会让一个小字辈在台上夸夸其谈四五个钟头?从会场上聚精会神的关注度而言,这个报告应该说是做到了这个份上。

会后的反应,实事求是说,是相当热烈的,至少有十几位德高望重的师长来当面向报告人表示热情的赞许与鼓励，更不用说是同辈学人了。今天看来，当时之所以有此热烈的盛况，与其说是由于报告的内容充实精彩，不如说是因为压在文化学术界头上的一块意识形态巨石在建国后总算第一次受到了正面的冲击，是因为总算有了一只出头鸟，讲出了很多人想讲却一直没有讲出来、不敢讲出来的话。

至于朱光潜，他的反应更是格外热情，他走过来跟我握手，连连称道："讲得好，讲得好"，如果我没有记错的话，那是他第一次伸手给我握（我当时感到他的手真是瘦骨棱棱），而且，第二天他还采取了一个我永远难以忘记的行动。那天，周扬特别前来会见大会的全体代表，他来到大会议厅时，大家都候在那里，实际上就是等"首长接见"。虽然，在"文化大革命"中他被关了好几年，复出之后威势已大不如过去，但他出狱后，曾到各种场合、各种会议作自我批评，就文化大革命前多年整过人伤过人的"政绩"，向文学艺术界人士表示他的歉意，给了文化界很好的印象。这时大家见到他，反倒多了一点亲切感，对他的来临表示热烈欢迎。虽然这时的周扬有些"礼贤下士"的味道了，但他每到一个场合时，总还有一股"王者"的气派。这也很自然，他在这个领域居于"王者"地位已经好几十年了，何况，他的确有真才实学,的确是一位理论批评的权威,在这种场合,我作为一个"小字辈",当然很知趣地缩在人群队列的后面。

这时,朱光潜却特意将我从后列拽了出来,拉到周扬的面前说:"周扬同志,他就是柳鸣九,他在大会上作了一个很好的报告。"看来,他以为周扬一定是看过大会的简报,已经得知了有这么一个报告,或者是认定周扬也一定很乐于看到日丹诺夫论断遭到冲击。可是当时周扬却没有什么反应,甚至连正眼也没有瞧我,也许他"王者"的气派依旧,"礼贤下士"之德的存量不多,还普及不到学术低层的小字辈头上,也许是周扬对冲击日丹诺夫论断一事压根就不感兴趣,甚至不以为然……但不论怎样,朱光潜引见的意图我自己是感受得很强烈的,他既有将我当做他自己的子弟辈加以亲切善意对待,甚至或多或少给点助力的意味,更有促使对日丹诺夫论断的冲击更加扩大声势的愿望,几十年来,他可没有少受日丹诺夫的罪,没少吃日丹诺夫的苦!

广州会议之后,我与朱光潜再无工作联系,只有一些零星的交往,主要都是他作为师长辈对后生的关怀,如他托人转告我,说狄德罗有一篇短篇小说很有价值,建议我把它译出来;再如,他不止一次赠书给朱虹与我,题词很是客气,总用"赐教"二字,还称朱虹为"老学友",他对后辈学生的这种谦逊，使得我们很是惭愧，愈加感到他人格境界的高尚。

20世纪80年代末，有一次我们法国文学研究会在北大举行学术讨论会，我利用晚上休息时间去看他，向他问安，那时，他已经迁居燕南园，与我同去的还有王道乾与金志平，在座的有张隆溪。大家寒暄闲谈不太长，为了不影响他的休息，我们及早就告退了，这是我最后一次见到朱先生。

七

朱光潜先生辞世后，我不止一次想起他，不止一次思索他、推敲他、琢磨他，不论是从学术业绩方面，还是从精神人格方面以及人生轨迹方面。

他著作等身，译文繁浩，西方文艺批评史、美学哲理上的几乎所有重大问题、所有名家经典，他无不涉及。你要进入这个领域的每一个地区，都能看到这个小老头思想者坐在那里，握着拳，支着下颔在进行思考。在广阔的学术文化领地里无处不有他的身影，这就是一代大学者的标志。在这方面，也许只有钱锺书可与他比肩而立，虽然在学问的广博精深上他较钱稍逊一筹，但在论著译著业绩的厚重与卷帙繁大上，却较钱似无不及。

他的精神人格之所以值得景仰，并经得起推敲，就在于他是一个纯粹的学者。他只专注于学术,看来是心无旁骛的,他为什么没有乘上蒋介石派到北京来的专机飞到台湾去?他早就被那边视为上宾,甚至是"国宝"。我并不想将此归结为他的"爱国主义精神"与"进步思想",而宁可认定是他对以"北平"为象征与称谓的民族古老深厚文化的眷恋所致。他作为学者的最突出的精神品质是"毅"与"勤",像他那样做出了厚重的学术业绩,产生了大量的论著与译著,并且是以康德、黑格尔、克罗齐、维柯等这样一些高难度的人物与文本为其研译对象,如果不是每天从不懈怠、坚持长时间艰苦的脑力劳动,那是不可能达到的,这对于早年就已经功成名就、有条件"歇一口气"的学人更是不容易做到。他必须排除纷繁的世俗干扰与诱惑,而为了使他瘦小的身子能扛得住这样永无间歇、艰难枯涩的精神劳作,他就从不间断地坚持打太极拳、跑步,跑得那么手脚笨拙,姿态可笑……根据他的家人回忆,直到他逝世前几天,他还手脚并用,亲自爬上楼去为他译的维柯查对一个注释,他简直是一息尚存就劳作不息……在学界中,有谁最常常使我想起加缪的西西弗斯?他终生推石上山,周而复始,永不停歇,那就是朱光潜。

作为上个世纪的人文现象,他的人生轨迹与处世姿势也值得思索、值得琢磨。1949年他决定留在北京大学,他心里肯定存有一个学术宏图、一个学术目标,他要留下来做这些事,这重要的决断划定了他以后的人生轨迹。而1956年,他喝下一杯敬酒,发表了"罪己"的大文,显然是另一次重要的决断。由此,他得到了学术界里的既定身份与既定位置,可以在从燕东园到燕南园的平静书斋里,一直瞄着他内心里的目标,一点一点实现他的宏图。他最后获得了丰收。从论著《西方美学史》《美学拾穗集》《悲剧心理学》《艺术杂谈》到译著黑格尔的《美学》、莱辛的《拉奥孔》、维柯的《新科学》、歌德的《对话录》,一一出版成功,大有泉涌之势。如果说他的精神品格使我想起了推石上山的西西弗斯的话,那么他的人生轨迹则使我想起了伽利略。

1610年,伽利略继打破了地球中心说的哥白尼之后,证明了地球绕太阳运动的科学真理。不到十年前,同样证明了此说的布鲁诺被宗教法庭活活烧死在罗马,而1616年,宗教法庭正式将伽利略的著作列为禁书。伽利略在沉重的压力下先沉默了8年,1633年宗教法庭召他前往罗马"受询",6月22日,他不得不在宗教法庭上悔罪,表示放弃他的地动说。1642年,他逝世,逝世前,他终于写出了他的力学巨著《对话录》。

对此，布莱希特的《伽利略传》中有这样一场描写，他的一个朋友对他说："1633年，您欣然否定您学说中最为人们所称道的内容时，我早就应该明白，您只不过抽身退出一场毫无希望的政治斗争，以便继续从事真正的科学工作……您赢得了时间来写只有您才写得出来的科学著作。"[1]

从出发点到既定目标，两点之间最便捷的路往往并不是一条直线。

我之所以常想起这样一种生存轨迹，是因为它常见于20世纪中国知识分子的存在状态中。

---

[1] 《伽利略传》第14幕《布莱希特戏剧集》下册，第126～127页，人民文学出版社，1980年。

当代一座人文青铜塑像
——纪念钱锺书诞辰100周年

随着时序的推移,锺书先生在我们这些现已年过古稀,但曾和他有过不少接触,并曾深受他君子之泽滋润的晚一辈人的心目中,愈来愈像一座经久的、高大的青铜塑像。他的身影已渐隐入历史背景的深处,他文化学术的业绩已进入了历史经典的文库,他的博学、睿智与机敏已深入人心、铭刻在人群的口碑上,他在中国事实上已建立起了"一座非人工的纪念碑"。对于一个人文学者来说,在一个个性几乎完全被主旋律与群体意识消融、掩盖的时代里,这简直就是一个奇迹。

这座"非人工的纪念碑",既非恩赐,也非赞助,而是建立在他丰厚的学术文化业绩上,是他卓越的精神力量浇铸而成。他在学术上的创建与他为人为学的人格精神,对于后人来说,都是极为宝贵的遗产。

在学术文化上，锺书先生是一位跨学科、超领域的巨擘，我们很难仅仅以单一的文学家、哲学家、语言学家、历史学家等等名号来概括他，即使是国学大师或西学大师这样的称谓也表述不了他的全面的治学领域。他是学术文明史上罕见的全才、"通家"，这种旷世奇才在中国、在世界的历史上都寥寥无几。他在对数千年中华文化与两三千年西洋文化都有通透精深的研究的基础上，又进行了比较的、综合的、互通的研究，他的学术研究领域是特别高难度的领域，我们姑且暂称之为"通学"，不具有多语种多文化的深厚功底者，是无法靠近的，而他在此所取得的成就，可以说在文化史上少有古人，看来今后也很难有能超越他的来者。他的学理、他的学术文化成果，既在全面与整体上达到了令人称奇的广博，又在文化理论与文化史的一个个具体范畴上，达到了令人叹服的精深程度，其专业水平往往使得以毕生之力耕耘"一亩二分地"专业田的我辈也深感自愧不如。他能达到如此的高度，既得益于上天所赐给的博闻强记、过目不忘的天赋，也是他勇于攀越、勤于攀登学术高峰的结果，仅以他的外文字典而言，其中密密麻麻书写着他所作出的修正、校订、补充以及新见语例，就足见他治学之勤，一个极具语言天赋的人在语言的积累上如此下工夫，实在令人敬佩。他在学术文化上的攀越精神永远是后世学人光辉的楷模。

在文学创作上,锺书先生是写知识阶层生活状态与精神状态的大师。他的学识、睿智与幽默使他的小说作品具有一般作家所难以企及的高品位,成为"五四"以后新文学史上名副其实的经典作品。作为中国知识阶层的优秀代表,他的作品写这个阶层人物的笔触是冷峻的、讽刺

钱锺书赠书墨迹

是无情的,这只能用马克思所说阶级的思想家与一般成员的关系来加以解释,他是站在知识阶级意境的制高点上,以知识阶级理想化的标准,来冷峻地观察这个阶级的芸芸众生,来衡量这个阶级的人生百态,来评述他们在困境中的尴尬、无奈、状态以及选择,在小说中是方鸿渐、赵辛楣,在小说外,则是李鸿渐、张辛楣……他的述说与点评或许过于冷峻了一些,这也许会在书内书外引起不适与不快,但他这是出于更高的对人、对知识人物的理念理想,他是在完成自己作

子在川上

鸣九同志：

《法国文学史》尊稿，遵约尽展趋细读，到晚《概论》各章，至晚完毕。敘述扼要，文笔清楚朴实（不弄笔头，掉词藻），而且以我外行看来，言之有物，语之有秩，愈见功力。已超越老辈《吴》所作《还景》，可傲了意。

我是外行，又无书籍，只好提些粗陋意见，或推敲文字。好在你是"只备不须细读"，c'est à prendre ou à laisser.

匆奉遲，即致 敬礼！

恕不即候。

钟书 星期三晚

钱锺书信札一件

· 240 ·

为知识阶级优秀思想家的职能,在这个意义上,他是知识阶级的反思者、把脉者、拷问者,是本阶级的"良心",正如鲁迅作为中国人的优秀代表、作为中国人的良心,严峻地剖析中国人的国民性一样。一个阶级、一个群体有自己的良心是绝大的好事,这可以保证它有自省力与反思力,如果没有必要的自省力与反思力,一个阶级、一个群体的前景则是令人担心的。作为小说家,作为世态观察家、世态点评者的钱锺书所具有的积极意义,是很值得世人思考的。

在中国,锺书先生已经是社会主义文化殿堂上一位受人敬重的偶像,他以自己高度的学术声望与权威的外语技能赢得了一般人文知识分子难以得到的重用与礼遇,他为翻译毛选作出了巨大的贡献,在知识分子中,其对社会主义国家的重要性,也许只有钱学森发展中国导弹技术可以与之同日而语,他被任命社会科学院的要职是自然而然的,这对该院也起了添光增色的作用。

在这种境遇中,一般人是很容易会有相应的变化,但众所周知,面对着境遇的惯性,锺书先生却令人印象深刻地保持了人文知识分子的真我与本色,以我等能比较就近仰视他的晚一辈人的所见而言,他显然杜绝了官本位主义所派生出来的种种习性与俗气，这些习性在这个时代已蔚然成风，大有成为一种社会亚文化形态之势。与他在学术文化上要求自己尽可能地高不同，他在处世为人上却显然要求自己尽可能持低调谦退的姿态。他虽显赫于朝堂之上，似乎仍怀有"采菊东篱下，悠然见南山"的心境，这才使他在中国当代士林中具有一种少见难有的隐逸风度，他是大隐隐于市、大隐隐于朝的真正的雅士。我相信，他的高雅人格对后世将永远发散荷莲的清香。

毋庸讳言，锺书先生晚年所得到的高等礼遇与尊崇，对他来说，其实只是一种"苦尽甘来"。从上个世纪50年代起，他可没有少遭遇过逆境与困境，在历次"兴无灭资"的运动中，他多次被当做批判对象、冲击对象、需要拔掉的"白旗"。即使是在没有运动的"和平时期"，他超人的才力也没有得到充分的施展。而在"史无前例的无产阶级大革命"中，他更是受到了猛烈的冲击与批斗，承受了丧失家庭成员的痛苦、干校生活的困顿以及后来受人挤兑、不得不搬出家宅的尴尬，最后还有"白发人送黑发人"的伤痛。所有这些都是生活中难以承受之重，锺书先生却都承受了下来，坚挺了过来，这不能不说表现出了一种卓绝的坚忍精神。这种坚忍精神，背负着、承受着不公正与伤害委屈而仍然工作着、创造着的坚忍精神，正是中国当代知识分子的优秀高贵的品质，社会主义中国终能安定、稳固、发展、繁荣至今，其中就有绝非愚昧与无为的中国知识阶层以其坚忍精神所作出的独特贡献。

锺书先生另一深具感召力量的人格魅力是他的仁者胸怀，这明显地表现在他与晚一辈学人的关系上。这些学人大都是建国后从大学毕业的青年人，这是"被耽误的一代人"，他们在业务进修、学术发展、职称、职务、工资待遇、学术荣誉等等多方面都"时运不济""生不逢时"，身上的束缚、头上的紧箍咒实在多多，有幸得遇锺书先生之时，正艰难地在学术阶梯上攀登。锺书先生以近乎悲天悯人的胸怀，一直关怀并促进他们的发展，即使他与一些人并无直接的学术行政关系，只要你在学术文化上敬业努力，他关注的视线一定会投射在你身上，他迟早总会肯定你、嘉许你，给你精神上的鼓励，你受到压抑与敲打时，他也不忌讳为你说公道话，给予关怀。至于他在百忙中为青年学子们审阅成果、给予指导、提供建议，更是常事，如果你有幸参与他所主持的科研项目，即使你只做了微不足道的一点点事情，他也会以"礼贤下士"的态度待你，甚至在学林人士特别在意的署名问题上，也予以提携照顾，几乎达到了过于慷慨的地步。而当他发现青年学子有经济困难时，他则常常解囊相助，"雪中送炭"，颇有信陵君之风。他是我所见的学术庙堂中的一位真正的仁人君子。

锺书先生已经进入了文学史、当代中国史，他的学术文化业绩与精神人格将永载史册，这就是他的非人工的纪念碑。在中华大地上，人工建造的神碑与神像，我们看到的已经够多了，我想，在以人为本的社会里，是否可再添加一尊人工建造的人之纪念碑、人之塑像呢？这个人是学术超人，是高人雅士，是仁人君子。

写于年届七十六周岁之际

在首都文化界纪念雨果诞生200周年大会上的开幕词

尊敬的来宾们：

1881年，法国人开了为作家提前做寿的先例，这年的2月，巴黎公众以纪念雨果华诞80周年为名，举行了盛大的庆典，政府首脑、内阁总理前往雨果寓所表示敬意，全市的中小学生取消了任何处罚，60多万人从雨果寓所前游行通过，敬献的鲜花在马路上堆成了一座小山……这庆典再一次表明，在一个人文精神高扬的国度里，拥有声望的作家，其地位可以高到什么程度。

2002年2月26日是雨果200周年诞辰，我们眼前的纪念大会提前了一些时日，在不少人有感人文精神失落的今天，这种超前的行动不能不说是表现了中国文化界与人文学者对雨果的特别关注与格外尊崇。

雨果是人类精神文化领域里真正的伟人，文学上雄踞时空的王者。在世界诗歌中，他构成了五彩缤纷的奇观。他上

2002年雨果200周年诞辰纪念大会上致开幕词

升到了法兰西民族诗人的辉煌高度，他长达几十年的整个诗歌创作道路都紧密地结合着法兰西民族19世纪发展的历史过程，他的诗律为这个民族的每一个脚步打下了永恒的节拍。他也是文学史上最伟大的抒情诗人，人类一切最正常、最自然、最美好的思想与情感，在他的诗里无不得到了酣畅而动人的抒发。他还是文学中罕见的气势宏大的史诗诗人，他以无比广阔的胸怀拥抱人类的整体存在，以高远的历史视野瞭望与审视人类全部历史过程，献出了诗歌史上绝无仅有的人类史诗鸿篇巨制。他是诗艺之王，其语言的丰富、色彩的灿烂、韵律的多变、格律的严整，至今仍无人出其右。

在小说中，他是唯一能把历史题材与现实题材都处理得有声有色、震撼人心的作家。他小说中丰富的想象、浓烈的色彩、宏大的画面、雄浑的气势，显示出了某种空前的独创性与首屈一指的浪漫才华。他无疑是世界上怀着最澎湃的激情、最炽热的理想、最充沛的人道主义精神去写小说的小说家，这使他的小说具有了灿烂的光辉与巨大的感染力，而在显示出了这种雄伟绚烂的浪漫风格的同时，他又最注意也最善于把它与社会历史的必然性与人类现实的课题紧密结合起来，使他的小说永远具有现实社会的意义。尽管在小说领域里，取得最高地位的伟大小说家往往都不是属于雨果这种类型的，但雨果却靠他雄健无比的才力也达到了小说创作的顶峰，足以与世界上专攻小说创作而取得最高成就的最伟大小说家媲美。

在戏剧上，雨果是一个缺了他欧洲戏剧史就没法写的重要人物。他结束了一个时代也开创了一个时代，是他完成了从古典主义戏剧到浪漫主义戏剧的发展。他亲自策划、组织、统帅了使这一历史性变革得以完成的战斗，他提出了理论纲领，树起了宣战的大旗，创作了一大批浪漫剧，显示了新戏剧流派的丰厚实绩，征服了观众，几乎独占法兰西舞台长达十几年之久。

子在川上

北京大学
PEKING UNIVERSITY

尊敬的柳鸣九教授：

承蒙盛情邀请参加"雨果诞生二百周年纪念大会"感到十分荣幸。本已决定参加。但天有不测风云，突患老疾，住进医院，一住就是两周。昨天虽已暂时出院，但医嘱不能远走外出活动。拟在京如情况允许先生及夫人代表席谈。

再者，我国国势日隆，在经济方面是一枝独秀之势。我们之前途光辉灿烂也。但是，我以为，我们向外国学习文化、文学艺术等等目的任务并未稍减。我们仍要奉行"拿来主义"，甚至我们也要推行"送去主义"。像雨果这样的伟大作家，一百多年以来，由他最初的译文以及后来的各种译文，在中国产生了广泛的影响。我不相信有哪个作家没有受到雨果的影响。我们的学习也要向纵深处发展。因此今天纪念大会是有十分重大的意义。祝大会圆满成功，诸位都身神两健！

季羡林

北京　　　　　　　　　　　　　　　邮政编码：1008

就雨果纪念大会季羡林给柳鸣九的信

· 248 ·

如果仅把雨果放在文学范围里——即使是在广大无垠的文学空间里，如果只把他评判为文学事业的伟大成功者，评判为精通各种文学技艺的超级大师，那还是很不够的，那势必会大大贬低他。雨果走出了文学。他不仅是伟大的文学家，而且是伟大的社会主义斗士，像他这种作家兼斗士的伟大人物，在世界文学史上寥若晨星，屈指可数。他是法国文学中自始至终关注着国家民族事务与历史社会现实并尽力参与其中的唯一的人，实际上是紧随着法兰西民族在19世纪的前进步伐。他是四五十年代民主共和左派的领袖人物，在法国政治生活中有过举足轻重的影响，在长期反拿破仑第三专制独裁的斗争中，更成为了一面旗帜，一种精神，一个主义，其个人勇气与人格力量已经永垂史册。这种高度是世界上一些在文学领域中取得了最高成就的作家都难以企及的。作为一个伟大的社会斗士，雨果上升到的最高点，是他成为了人民的代言人，成为了穷人、弱者、妇女、儿童、悲惨受难者的维护者，他对人类献出了崇高的赤诚的博爱之心。他这种博爱，用法国一个著名作家的话来说："像从天堂纷纷飘落的细细露珠，是货真价实的基督教的慈悲。"

从他生前的20世纪，雨果经历了各种新思潮的冲击，但这样一个文学存在的内容实在太丰富坚实了，分量实在太庞大厚重了，任何曾强劲一时的思潮与流派均未能动摇雨果屹然不动的地位，一个多世纪漫长的时间也未能削弱雨果的辉煌，磨损雨果的光泽，雨果至今仍是历史长河中一块有千千万万人不断造访的胜地。

从林琴南以来，中国人结识雨果已经有了100多年，雨果的《巴黎圣母院》与《悲惨世界》等等经典名著早已成为中国人的精神食粮。中国人是从祥子、春桃、月牙儿、三毛等等这些同胞的经历，来理解与同情《悲惨世界》中那些人物的，因而对雨果也倍感亲切。当然，百年来中国的历史状况：民族灾难、战祸、贫困，都大大妨碍了中国人对雨果的译介、出版、研究、感应的规模与深度；雨果那种应该被视为人类精神瑰宝的人道主义精神还曾在"横扫""清污"之中遇到过麻烦。

随着社会的进步与开放，时至今日，在中国，对雨果进行系统的、文化积累式的译介已经蔚然成风，大厅里所展示的图片，就说明了近些年中国文化学术界、出版界在这个方面卓有成效的努力。我们这个一改过去简单形式的纪念活动，也凝聚了中国学术文化界对雨果不可抑止的热情，反映了当代中国作为有悠久历史文化的世界大国，熟悉世界文化并持有成熟见解的文明化程度。

人文文化的领域，从来都不是一个取代的领域（莎士比亚并不取代但丁），而是一个积累的领域。文学纪念总蕴含着人文价值的再现与再用。我们对雨果的纪念不仅仅是缅怀，也是一种向往与召唤。在现实生活中，我们还需卞福汝主教这样具有崇高的人道主义精神与人格力量的教化者，需要马德兰市长这样大公无私、舍己为人、广施仁义的为政者，需要《九三年》中那种对社会革命进程与人文精神结合的严肃深沉的思考，需要《笑面人》中面对特权与腐败的勇敢精神与慷慨激昂。

我们今天的社会进程与发展阶段还需要雨果，需要他的人道精神与人文激情，因为雨果的《悲惨世界》所针对的他那个时代的问题，如穷困、腐败、堕落、黑暗，至今并未在世界上完全消灭。作为一个发展中国家，我们还有很多很多的事要做。

感谢大家的倾听！

2002年1月5日
于北京国际饭店大宴会厅

本色文丛

(柳鸣九主编　海天出版社出版)

《往事新编》许渊冲 / 著

《信步闲庭》叶廷芳 / 著

《岁月几缕丝》刘再复 / 著

《子在川上》柳鸣九 / 著

《榆斋弦音》张玲 / 著 　　　　　　《飞光暗度》高莽 / 著

《奇异的音乐》屠岸 / 著 　　　　　《长河流月去无声》蓝英年 / 著